ILINCA FLORIAN

BLEIB, SOLANG DU WILLST

ROMAN

Karl Rauch

FÜR ANNE

ERSTES KAPITEL

MARTHA

Auf dem Tisch aus Eichenholz, den Niklas von seinem Großvater geerbt hatte, unter einem Stapel Papieren und neben dem Haufen von Hemden, die darauf warteten, gefaltet zu werden, surrte ein Telefon. Meine Strumpfhose kratzte. Wieso hießen die Dinger Seidenstrumpfhosen, wenn sie kratzten wie uralte Pullover? Ich beschloss, meinen ganz persönlichen Sommerbeginn einzuläuten und riss mir die Strumpfhose von den Waden, als das Telefonsurren von Emils Röcheln abgelöst wurde. Ich spähte durch die Schlafzimmertür. Gestern Abend bereits hatte er schwer geatmet, hatte sein Köpfchen in meiner Achselhöhle vergraben und dort ganz viel Rotz hinterlassen. Dennoch hatte ich beschlossen, mir keine großen Sorgen zu machen und war im Kopf ein paar Songs durchgegangen. Wenn ich schon, wie jede der letzten Nächte, wach geworden war, konnte ich die Zeit doch nutzen. Jetzt lag der Kleine in seinem Bettchen und schniefte. Ich sah ihn an.

In seinen ersten Lebensmonaten hatte sich mein Sohn zu einem liebenswürdigen und auch hübschen Geschöpf entwickelt. Tatsächlich war eine meiner größten Ängste während der Schwangerschaft jene gewesen, ein hässliches Kind auf die Welt zu bringen. Ich hatte mich gefragt, ob ich ihn in einem solchen Falle bedingungslos und voller Hingabe lieben könnte und mich hinterher für diese Gedanken geschämt. Mit seinen warmen haselnussbraunen Augen starrte er mich an, streckte seine dicken Ärmchen nach mir aus. Ich liebte Emil über alles und das keineswegs nur wegen seines Aussehens! – aber es raubte mir den Verstand, wenn er keine halbe Stunde liegen, schlafen, einfach mal durch die Gegend schauen konnte. Damit ich Zeit hatte, mir etwas Vernünftiges anzuziehen. Ich legte meinen Lippenstift weg und summte vor mich hin. Dann blieb ich eben ungeschminkt. Wollte wenigstens schon beginnen zu üben. Meine Stimme aufwärmen. Bloß keine Panik schieben. Die zerkauten Töne würden zu einem schönen Wiegenlied für Emil verschmelzen, gleich würde er wieder einschlafen. Ich beugte mich über sein Bett, legte die Arme um seinen schmalen Rücken. Vorsichtig hob ich ihn hoch, legte die Hand in seinen Nacken, damit der zarte Kopf nicht nach hinten kippte. Er schrie wie am Spieß, stieß ein heftiges Röcheln aus, sein ganzer Körper zitterte vom Husten. Wo war denn dieses verfluchte Gerät. Wenn man es brauchte. Ich musste den Kinderarzt anrufen. Da war er wieder, der vertraute Klang des Telefons. Ich atmete tief durch, presste Emil an meine Brust, – tatsächlich ließ ihn das für wenige Sekunden verstummen – und steuerte auf den Eichenholztisch zu. Ich sah auf die Papiere, die sachte über dem vibrierenden Ding tanzten. Ich schob sie zur Seite, griff zum Telefon. Die Nummer auf dem Display sagte mir nichts. Ich ging ran.

»Dein Mann am Apparat.«

Emils Brust stieß einen krächzenden Laut aus, er hätte aus der Lunge eines Achtzigjährigen kommen können. Erst jetzt merkte ich, dass das Smartphone in meiner Hand schwarz war und nicht sandfarben.

»Hast du mein Telefon eingesteckt? Auch egal«, sagte ich.

»Warum schreist du mich an?«

»Ich schrei doch gar nicht. Du wolltest um zwei hier sein.« Stille am anderen Ende der Leitung. Ich sprach weiter, ganz bedacht und leise.

»Spinnst du. Ich hab heute dieses Konzert. Semesterende. Alle Professoren sind da!« Im Geiste zählte ich bis fünf, als er noch immer schwieg, legte ich auf. Ich warf das Telefon auf die Couch, Emil heulte ohne Unterlass, ich setzte mich mit ihm auf die Couch, betastete nervös seine Stirn, ohne mich wirklich darüber zu wundern, dass sie heiß war. Ich schnappte mir das Telefon. Mir dämmerte es: Ich konnte nichts damit machen. Es war ja nicht mein Handy. Heute Morgen hatte Niklas es wohl aus Versehen mitgenommen. Ich hielt seines weiter in der Hand. Es bimmelte erneut.

»Dann sag mir deinen Pin-Code!«, brüllte ich. Stille. »Damit ich den Kinderarzt anrufen kann! Damit dein Sohn nicht den Fiebertod stirbt.« Er nuschelte zwei verschiedene Kombinationen. Ich tippte und tippte, hatte mit keiner der beiden Erfolg und legte auf.

Ich griff Emils Tasche, in der immer alles drin war, was man unterwegs so brauchte, zumindest hoffte ich, dass dies auch jetzt der Fall war. Gab keine Zeit, irgendetwas gegenzuprüfen. Aus dem Mund meines Sohnes tönte ein Wimmern, das Röcheln hatte zum Glück aufgehört. Ich schnüffelte an seiner Windel, atmete auf, weil sie nicht voll zu sein schien, schnallte mir Emil im Tragetuch vor den Bauch und schlüpfte in meine ausgeleierten Turnschuhe. Wir mussten jetzt zum Arzt, und das so schnell wie möglich.

Draußen roch es nach Flieder. Nach wenigen Schritten kehrte ich um. Schloss die Tür wieder auf, raste Richtung Couch. Ich hatte das Telefon liegen gelassen. Als ich es wieder in die Hand nahm, ploppte eine Nachricht auf. »Endlich schickt er den richtigen Code«, dachte ich. Auf dem Bildschirm stand »Nadine«.

Das war der Anfang vom Ende meiner Ehe.

Der Fliederduft in der Gasse abseits der Altstadt, in die wir vor zwei Monaten erst gezogen waren, trug mich geradezu voran. Er verlieh meinem gehetzten Gang etwas Schwebendes. Emil war verstummt, und ich versuchte, nicht an die Nachricht zu denken. War ja nur eine SMS gewesen. Von einer Frau, die ich nicht kannte. Nadine. Könnte die neue Regieassistentin sein. Oder eine alte Bekanntschaft, die für ein paar Tage in der Stadt war. Hatte er nicht neulich diese Schulfreundin erwähnt? Mist, die hieß Nina. Bestimmt handelte es sich um ein Missverständnis. Heute war ohnehin alles etwas seltsam. Zu viele falsche Telefone, Pin-Codes, Verwechslungen. Mein chronischer Schlafmangel war schuld an allem. Mein Unterbewusstsein spielte mir Streiche. Ohnehin hatte ich das Gefühl, dass mein Verstand in letzter Zeit gelegentlich aussetzte. Gestern zum Beispiel hatte ich mir zweimal hintereinander Spiegeleier zu Mittag gebraten. Hatte einfach vergessen, dass ich schon eins gemacht hatte. Irgendwas war dazwischengekommen, und das Irgendwas hieß Emil.

Als ich um die Ecke bog und entscheiden wollte, ob es sich lohnte, auf den Bus zu warten oder ich die Strecke zum Arzt einfach zu Fuß laufen sollte, meldete das verfluchte Ding in meiner Jackentasche wieder eine Nachricht. Der Absender lautete Daria. Nicht Nadine. Wer war Daria? Daria schrieb: »Ich warte auf meine Bahn und stelle mir gerade alles im Detail vor, was du geschrieben hast. Ich ertappe mich dabei, wie unglaublich geil ich –«

Weiter konnte ich nicht lesen. Keine Pin! Stand da wirklich »geil« oder fantasierte ich? Ich musste so schnell wie möglich dieses Telefon loswerden! Emil schlummerte weiter, die Wange an meine Brust gelegt. Das war, seit ich am Morgen aus dem Tiefschlaf gerissen worden war, der erste Augenblick, der sich anfühlte, als würde alles mal genau so laufen, wie es sollte. Das machte Mut. Gab mir außerdem die Legitimation, mich wie eine Rabenmutter zu verhalten und sofort den Bus zu nehmen, der mich nicht zum Kinderarzt, sondern direkt ins Stadttheater bringen würde. Kurz bevor wir dort ankamen, summte es von Neuem in meiner Jackentasche. Brüste. Ein Bild mit

Brüsten. Ich stieg aus, Emil schreckte aus dem Schlaf, wurde vom nächsten Hustenanfall eingeholt, ich hielt seinen kleinen Körper ganz fest im Arm, presste ihn an mich, als könnte das all die bösen Geister vertreiben – jene, die ihn hatten krank werden lassen, und jene, die mich dazu verleitet hatten, ausgerechnet Niklas zu heiraten. Ich raste über die Eingangstreppen des Theaters. Schon oft hatte ich mit der Pförtnerin über ihren Haarschnitt und über die Schwierigkeiten bei der Auswahl des passenden Nagellacks geplaudert. Ich wusste nicht, ob diese Tatsache dafürsprach, ihr mein Kind anzuvertrauen. Seit seiner Geburt vor acht Monaten war Emil bis auf wenige Ausnahmen nur von Familienangehörigen gehalten worden: meinem Onkel Rudolf, meiner Cousine Henriette, von Lotte – sehr kurz, aber herzlich auf der Durchreise und von meiner Mutter natürlich. Als ich sah, dass die Frau weder tippte noch telefonierte, entschied ich, mich locker zu machen. Behutsam drückte ich ihr mein Kind in die Arme, ihr strahlendes Lächeln gab mir die Gewissheit, dass sie gut darauf aufpassen würde.

Niklas' Telefon meldete einen Anruf. Ich hatte keine Kraft, lange zu grübeln, ob ich rangehen sollte oder nicht. Der Bildschirm zeigte mir den nächsten unbekannten Frauennamen an, ich drückte den grünen Punkt. Anja klang sehr, sehr jung.

»Hey Baby, wo bist du?«

»Hier ist die Frau von Baby.« Langes Schweigen. Sag doch was, bitte, nur zwei, drei Worte, damit ich schätzen kann, ob du schon achtzehn bist.

»Sorry, ich –« Das reichte mir schon.

»Ist die Schulhofpause schon vorbei?«, keuchte ich. Anja hatte aufgelegt. Die Pförtnerin sah mich mit großen Augen an, ich erfand so schnell ich konnte eine Ausrede, warum ich kurz in die Kantine müsse, mein Mann hätte maaaal wieder etwas vergessen et cetera. Sie seufzte laut, ich deutete dies als Zeichen der Komplizenschaft. Ich bat darum, das Festnetztelefon benutzen zu dürfen und erklärte ihr so knapp wie möglich die irrsinnige Situation, in der ich mich befand, während ich Niklas' Dreckstelefon in die Höhe hielt, mit dem ich niemanden anrufen konnte. Sie nickte, beugte sich über Emils Gesicht und begann, Tierlaute nachzuahmen. Die einzige Nummer, die ich auswendig konnte, war die meiner Schwester. Ich ließ es siebenmal klingeln, sie ging nicht ran. Mir blieb nur noch der Weg in die Kantine.

CHARLOTTE

Ein Partner aus dem Stuttgarter Office hielt eine Rede über digitales Marketing, Diligences und Transformationsprojekte. Vielleicht ist »Rede« auch der falsche Begriff dafür, im Grunde zählte er nur Erfolge des letzten Quartals auf, bezifferte einen Umsatzrekord, der den nächsten gejagt hatte. Wir hatten uns im Hotelschwimmbad versammelt und ich mich in einer der hinteren Stuhlreihen, die akkurat um das große Becken angeordnet waren, verkrochen. Im letzten Jahr sei die Wirtschaft um sechs Prozent gestiegen, erklärte der Partner und wiederholte »Sechs

Prozent!«. Damit man sich die Zahl auch ja merkte. Erst jetzt fiel mir sein bayerischer Akzent auf und dass der Anzug so gar nicht zu seinen Turnschuhen passte. War das »casual« oder doch »Business«? Er ließ die Katze aus dem Sack. »Wir – sind um zwölf Prozent gewachsen.« Diese Prozentzahl wiederholte er dreimal. Jubel in der Menge. Meine Kollegin Rebekka stupste mich an. Gerne hätte ich ihr Augenzwinkern erwidert, der Ironie, die darin lag, zugeprostet, aber in dieser Sekunde vibrierte es in meinem Schoß. Mist, ich hatte vergessen, es auszuschalten. Meine Chefs konnten es nicht sein, die waren ja alle vor Ort. Christoph meldete sich äußerst selten vor zwanzig Uhr. Der Partner sprach weiter von »Leading Teams« und über seine persönliche Erkenntnis, dass Berater einfach ein »geiler Job« sei. Die Moderatorin – die war neu bei uns, war sie Assistentin oder selbst Beraterin? – stöckelte auf fünfzehn Zentimeter hohen Absätzen auf ihn zu. Das war wirklich toll organisiert mit diesem Podest über dem Wasser, das seltsamerweise weniger nach Chlor roch als das Wasser in gewöhnlichen Schwimmbädern. Hatte so was Biblisches. Sie wollte wissen, welche Tipps er seinen Kollegen mit auf den Weg geben würde. »Wenn wir früh um sechs aufstehen. Wenn wir bis zwei Uhr morgens in die Tasten hauen.« Und setzte einen leicht empörten Blick auf. Dann war sie wohl doch Beraterin, wenn sie das so genau wissen wollte. Wie auch immer. Mein Telefon vibrierte schon wieder. Was der Partner geantwortet hatte, konnte ich mir heute Abend beim Cocktailschlürfen erzählen lassen, zum Glück saß ich am Rand, die Tür war nicht weit weg und so huschte ich hinaus, an verglasten Fitnesskammern mit überdimensional großen, schwarzgrauen Hometrainern vorbei, um im Flur endlich auf das Display sehen zu können. Eine Festnetznummer. Die mir natürlich gar nichts sagte. Bestimmt ein Kunde meines Chefs. Das musste warten. Bevor ich das Phone wieder in meine geliebte türkisfarbene Lederhandtasche steckte, hielt ich inne, sah auf die verpasste Nummer und da dämmerte es mir: Es konnte nur Martha sein. Das war die Weimarer Vorwahl. Weimar. Die Stadt der Dichter und Denker. Meine Schwester. Die Künstlerin. Frisch gebackene Ehefrau. Und Mutter. Hatte nicht viel vorgehabt im Leben und schon so viel erreicht. Zumindest in Sachen Nachkommenschaft. Obwohl sie um einiges jünger war als ich, hatte sie bereits dafür gesorgt, dass unsere unglückliche Mutter einen Grund zur Freude, ein Enkelkind, hatte! Ich hatte den Kleinen erst einmal gesehen, wenige Wochen nach Marthas Entbindung, während einer Dienstreise, die sich zum Glück gut mit einem Abstecher nach Weimar hatte kombinieren lassen. Hatte ihn im Arm gehalten, den süßen Knirps, ein wenig die Stelle hinter seinem Ohr beschnuppert und ja, diese Babyhaut war wirklich unglaublich zart und weich. Warum rief sie an? Hoffentlich war nichts Schlimmes geschehen. Natürlich hatte ich mich über die Ankunft meines Neffen auf unserer wilden Welt gefreut, Martha aber ihre eigene Euphorie darüber nicht ganz glauben können. Und mich trotzdem oder gerade deshalb selten bei ihr gemeldet. Ich hatte Angst gehabt, die falschen Fragen zu stellen. Ob das mit dem Stillen klappe und so. Ich wusste, dass da was klappen musste, aber was genau mit der Milch, die da rausquoll, supergut oder gar nicht funktionieren konnte, das hatte ich noch immer nicht verstanden. Ich hatte auch viel zu wenig Zeit, mich damit zu beschäftigen. Meine liebe Schwester Martha. Sobald ich klarer im Kopf war, musste ich sie zurückrufen. Ein seltsames und ungewohntes Gefühl überkam mich damals in diesem Hotelflur. Eine Ahnung. Ich spürte, dass es Dinge im Leben gibt, die man nicht aufschieben sollte. Es ist schwer zu beschreiben, man kennt es nur aus Filmen – vorrangig Thrillern –, aber irgendeine blöde Intuition flüsterte mir zu, dass ihr Anruf heute mit keinem guten Anlass zu tun haben konnte. Bevor ich das Telefon endgültig wegsteckte, öffnete ich WhatsApp und starrte auf ihr Profilbild. Sie sah bildhübsch aus und hatte den Kleinen auf dem Schoß. Als Kinder hatten wir immer Mama, Papa, Kind gespielt. Vielmehr hatte ich gespielt, sie hatte nur zugesehen, die Babypuppe in eine Ecke geschleudert und gebrüllt, dass sie niemals Kinder haben werde. »Die stinken nur und machen Krach«, hatte sie gesagt. Für mich war Martha immer noch schutzlos. Ein Mädchen. Sie war meine kleine Schwester, und seit unsere Mutter keine richtige mehr für uns gewesen war, hatte ich kein gutes Gefühl, wenn ich länger nichts von ihr hörte. Jetzt meldete sie sich wieder, und das war schön. Zugleich schauderte es mich, wenn ich daran dachte, wie gut wir in letzter Zeit ohne einander ausgekommen waren. Martha war mehr als meine

Schwester, sie war mein Schatten, mein Echo, ohne sie war mein Ich nur ein halbes Ich. Nur den kleinen Emil brachte ich nicht in diese Gleichung. Für mich war gar nicht greifbar, was ich für ihn war oder werden würde. Tante sein – das war auch nur so ein Wort.

Als ich an jenem späten Nachmittag im Hotelflur stand und ihr Profilbild anstarrte, wusste ich, dass etwas nicht in Ordnung war, ich wusste auch, dass ich helfen würde, so gut es ging, niemals hatte ich meine Schwester fallengelassen und das würde auch in Zukunft so sein. Die seltsame Ahnung, die mich überkommen hatte, schien mir aber noch etwas sagen zu wollen. Sie flüsterte mir zu, dass nicht alles in meiner Macht lag. Ich konnte Martha lieben so sehr ich wollte, ihr Schicksal hatte ich nicht in der Hand.

MARTHA

Niklas saß an einem Tisch mit drei Typen, die ihre Köpfe über eine Linsensuppe gebeugt hatten. Die Herren von der Requisite. Sie spülten das Essen mit kaltem Bier runter. Niklas aß nichts, das gute Bier reichte ihm. Er klammerte sich an den Maßkrug und sah mich an. Ich hielt sein Telefon hoch, wie eine Waffe steckte es in meiner Hand. Langsam riss er den Mund auf, in seinen Augen flackerte dieser weiche Ausdruck, mit dem er mich immer rumkriegte. Von dem er auch wusste, dass er mich damit rumkriegte.

»Heeey. Entschuldige wegen vorhin. Wo ist Emil? Hustet er noch?«

Ich starrte auf den Nebentisch, auf die Federboas und Hüte. Niklas hatte erzählt, dass das Stück in den dreißiger Jahren spielte. Eine überdimensional große Spritzpistole aus Plastik, die frühestens in den Siebzigern aufgekommen sein konnte, fiel mir auf. War das wieder dieser postmoderne Ansatz, den sich der Regisseur aus den Gehirnwindungen gequetscht hatte? Packt einfach alles an schönem, buntem Zeug aus Dutzend Epochen rein, alles, was ihm so einfällt. Hauptsache, die Schauspieler haben Spaß und der Zuschauer darf rätseln. Ich griff mir das monströse Ding und zielte auf Niklas' Gesicht. Er grinste blöd. Das machte mich noch wütender, ich drückte ab, ein weißer Strahl landete auf seiner Stirn. Es war so eine Art Schaumstoff. Die Kollegen aus der Requisite hielten sich den Mund zu vor Lachen, so richtig loszuprusten traute sich aber keiner. Der jüngste murmelte: »Sorry, wir brauchen die für unsere Produktion.« Die wahrscheinlich fünf Euro teure Plastikpistole legte ich neben seinen Teller. Niklas hatte sich den Schaum von der Stirn gewischt.

»Spinnst du.«

»Vermisst du was?«, fragte ich. Er streckte die Hand aus, setzte den Hundeblick auf, dann kramte er in seiner Hosentasche, ließ sich Zeit. Dieser verlogene Bastard. Niklas holte das Handy raus. Gab es mir und streckte die Hand aus wie ein Bettler. Ich sah ihn an, fühlte das Blut in meinen Fingern pochen, sie hielten sein Telefon noch immer fest umklammert. Ein kurzes, wohltuendes Machtgefühl überkam mich. Brachte mir aber gar nichts. Wollte ich dieses dreckige Ding wirklich länger bei mir haben? Noch einmal sah ich ihm tief in die Augen, hoffte, dass er meinen Ekel deutlich spürte. Ich gab ihm das Telefon, ließ den Blick über den Tisch, die Teller, die hässliche Farbe der Linsensuppe gleiten, drehte meinem Mann den Rücken zu und düste in großen Schritten zum Kantinenausgang.

Wenig später stand ich, nachdem ich mich, so herzlich es mir in meiner Rage möglich war, von der Pförtnerin verabschiedet und Emil wieder entgegengenommen hatte, vor dem Bankschalter, um keine große, aber für mich gerade notwendige Summe von unserem ehelichen Sparkonto abzuheben. Wir ließen die Bankfiliale und die Weimarer Einkaufsmeile hinter uns, bogen um die Ecke. Stille. Diese verdammten Brustbilder holten mich ein. Ich dachte gar nicht mehr darüber nach, wer zum Teufel diese Daria war, vielmehr fragte ich mich, wer mein Mann war. Kannte er diese Kuh schon länger? Und diese andere Tussi? Wie hatten seine Abende, wenn er nicht spielte, genau ausgesehen, bevor wir zusammengezogen waren? Die Abende, an denen wir uns nicht gesehen hatten? Und die bitterste Erkenntnis: Wie lange schon hatte er mit mir nicht mehr geschlafen?! In jedem Falle kaum, seit Emil auf der Welt war. Ich erinnerte mich an unsere Nächte, als wir uns noch nicht lange kannten. Als ich noch regelmäßig auf der Bühne gestanden hatte. Einmal hatten wir sogar zusammen einen musikalischen Abend organisiert. Hatten gemeinsam performt. Niklas konnte nicht gut singen, ich hatte versucht, ihn so gut wie möglich zu übertönen, und unser Duett war schön geworden. Leidenschaftsvoll. Das hatte zumindest eine Kommilitonin gesagt. O Gott, aber Sex. Verband Sex uns überhaupt? Hatten wir uns einander jemals so richtig, nächtelang, wie im Rausch hingegeben? Bevor ich schwanger wurde, ja. Aber auch damals nicht sehr oft. Danach. So irgendwie – kaum noch. Ich starrte auf den Asphalt, atmete tief durch und dachte daran, in die nächste Bäckerei einzukehren, um schwer verspätet etwas zu Mittag zu essen. Da meldete mein Telefon einen Anruf. Meine Schwester. Die immer den Durchblick hatte. Der hohe Schuhe einfach besser standen als mir. Die wusste, wie man auf Fotos lächelt. Endlich rief sie zurück.

CHARLOTTE

Ein großer Teil des Nachmittagsprogramms hatte darin bestanden, in Polyester- und Nylonanzüge zu schlüpfen und an einer Art großflächigem Nintendo Game teilzunehmen, das auf die Flure des Hotels projiziert worden war. Berater, ihre Assistentinnen und sonstige Angestellte waren von Farbinsel zu Farbinsel gehüpft, hatten versucht, nicht ins Schwimmbecken zu fallen, hatten vergnügt gekreischt und gesungen wie kleine Kinder. Dabei war noch gar kein Alkohol geflossen. Alle waren froh, mal frei zu haben. Mir ging es da nicht anders, dennoch hatte das Spiel mich ein wenig angeödet. Ich freute mich auf den

Abend, auf die Cocktails, die Musik, den ein oder anderen Flirt. Noch in halber Kostümmontur – ich trug eine abgefahrene, golden schimmernde Latzhose, den riesigen Hut hatte ich abgenommen – stand ich in der Hotellobby und wählte Marthas Nummer. Hoffentlich war alles okay. Sie ging ran, und ich wusste, dass das nicht der Fall war. Sie klang gar nicht gut. Gehetzt und verheult. Selbstverständlich fing sie mit Entschuldigungen an.

»Entschuldige, es ist etwas spontan. Entschuldige, ich, ich bin ein wenig durch den Wind. Also –« Mann Martha. Komm zum Punkt.

»Bist du wieder schwanger?«, fragte ich. Sie verneinte prompt. Und klang sauer. Ich hatte nicht viel Zeit. Der Chef meiner Bürokollegin –, er war viel in der Stahlindustrie unterwegs, kein hipper junger Berater auf dem Feld der Telekommunikation, eher einer, der in meinen Augen »echtes Wissen« in seinen Job einbrachte und damit wiederum nicht prahlte –, stolperte aus dem Fahrstuhl. Die Kostümsache hatte er schon hinter sich, er war im Poloshirt unterwegs und zwinkerte mir zu.

»Hör endlich auf, dich zu entschuldigen und sag, worum es geht.« Ich verlor meine Geduld.

Sie war kurz davor loszuheulen, sie pustete Luft aus dem Mund, als müsse sie diese durch einen Strohhalm pressen. Sie sagte etwas von Niklas und dass er das Letzte sei und ob sie mich mit ihrem Sohn besuchen kommen dürfe. Vielleicht sogar für eine Weile. Es täte ihr leid, aber – Ich musste sie bremsen. Die Sachlage war längst klar.

»Du bist immer willkommen, Darling. Ab morgen bin ich wieder zu Hause. Also bis morgen!« Und legte auf. Ich musste mich kurz setzen. Die Sessel in der Lobby hatten eine seltsam undefinierte Farbe zwischen Champagner und Gelb, waren aber durchaus bequem. Mich zog es auf die Party, zugleich hatte Martha mich mit ihrem Anruf aus allem rausgerissen. Die Leichtigkeit des Abends zerstört. Mir war die ganze Sache mit Niklas von Anfang an nicht geheuer gewesen, und nun bestätigte sich, dass mein Instinkt richtig gewesen war. Sie war immer schon an die falschen Typen geraten. Jetzt hing da ein kleiner Emil mit drin. Ich hatte nicht gelogen, meine Schwester war tatsächlich jederzeit willkommen bei mir, ich freute mich auch darauf, sie in die Arme zu schließen, aber – irgendwie graute mir vor dem Drama, das bisher ihr stetiger Begleiter gewesen war. Ich wollte für sie da sein, spürte aber, dass es nicht leicht werden würde, spürte, dass ich gereizt war, und ich wollte doch einfach nur abspannen heute, die Party genießen. Oh Gott, ja, ich hasste diese neumodische Redewendung, aber auch ich dachte jetzt: Ich will einfach eine gute Zeit haben. Meine Kollegin torkelte in die Lobby, sie hatte ein zweites Sektglas dabei, das brachte mich wieder zum Lachen. Sie zog mich aus dem Sessel, und wir nahmen den Fahrstuhl, der mich auf mein Zimmer befördern würde, wo ich mich endlich umziehen wollte, um bald zur Feiermeute zu stoßen.

Meine Schwester tat etwas, womit ich nie gerechnet hätte. Sie holte mich vom Bahnhof ab. Obwohl sie nahezu jede Sekunde erreichbar sein musste, war sie gekommen. Am Rechner, am Telefon, irgendwo in ihrem nächsten Umkreis piepte es im Minutentakt, wurde nach ihr und ihren Diensten gefragt. Sie hatte diesen Job in einer Unternehmensberatung. Schon seit fünf Jahren. Klang immer beschäftigt. Busy. Auf Achse. Was überhaupt der Unterschied zwischen einem Unternehmensberater und seiner Assistentin war, hatte ich noch nicht verstanden. Also so im Alltag. Charlotte schien mir genauso eingespannt wie ihre Chefs, zumindest vermittelte sie diesen Eindruck, wenn sie kurzatmig davon erzählte, wie viele Flüge sie noch buchen oder umbuchen musste, welche Termine noch zu vereinbaren waren und warum sie wieder erst um sechzehn Uhr dazu gekommen war, einen Happen zu essen. Meine Schwester, die immer schon die schickeren Klamotten getragen hatte, stand in der Nachmittagssonne und winkte vom Bahnsteigende, mit der anderen Hand hielt sie das Telefon an ihr Ohr gepresst. Sie beeilte sich nicht, vielleicht wollte sie das Gespräch beendet haben, bevor sie mich in die Arme schloss. Wollte nicht unhöflich sein. Sie war immerzu beschäftigt – hatte dabei aber Manieren. Nachdem ich meine Reisetaschen sortiert hatte, wischte ich mir den Schweiß von der Stirn und war unschlüssig, ob ich auf sie zugehen oder hier warten sollte. Ich entschied mich für Ersteres. Wir steuerten auf Lotte zu. Sie trug die Haare noch ein Stück kürzer als bei unserem letzten Treffen. Sie legte auf, ging ein wenig schneller. Strahlend stand sie vor mir und sagte:

»Du hast ja abgenommen.«

Ich lachte etwas verkrampft: »Du auch.« Sie sah mich stumm an, in ihren Pupillen meinte ich einen Ausdruck von Mitleid zu erspähen. Hatte ich mich so verändert seit Emils Geburt? War ich zu einer dieser Mütter geworden, denen man schon nach wenigen Monaten das Muttersein ansieht? War ich so ausgemergelt, erschöpft? Ich hielt das Schweigen nicht mehr aus.

»Stimmt nicht. Du warst immer schon dünn.« Da lachte sie nicht, sie streckte ihren Nacken in die Länge, um hinter mich zu blicken. Ich machte eine kleine Drehung, ich hatte Emil auf den Rücken geschnallt. Meine Schwester sah mich an, als hätte sie einen Rucksack erwartet und plötzlich war da ein Mensch. Sie riss den Mund auf. Ja, mal wieder staunte sie über ihren Neffen und mich als Mutter. Ich wusste, dass sie es mir nicht zutraute, nie zugetraut hatte.

»Er steht dir«, sagte Charlotte. Auch das klang so, als gelte das Kompliment einem Rucksack und nicht meinem Sohn. Ich wollte die Reisetasche, die ich am Bauch trug, loswerden, ich schwitzte, ich war am Ende. Sie half mir dabei, ich legte das ätzend schwere Ding ab, ihr Telefon klingelte, und sie ging nicht ran. Sie nahm mich in den Arm und hörte eine Weile nicht damit auf. Das tat gut, gab mir Zeit. Ich wollte nicht in Tränen ausbrechen. Charlotte löste die Umarmung, sah mich an und sagte:

»Bleib, solang du willst.«

ZWEITES KAPITEL

MARTHA

Charlottes Wohnung war nicht minimalistisch, aber doch sehr reduziert ausgestattet. Am meisten liebte ich die Couch, die schräg gegenüber von der amerikanischen Küche stand. Eine von uns kochte – meistens ich –, die andere machte etwas am Laptop oder sah nach Emil, der auf seiner Decke spielte. Niklas und ich hatten ein Sofa gehabt, ein Erbstück seiner Großmutter, das war schön, aber eben auch alt. Dieser Retrostil, dieses »wir tun mal so, als würden wir in den Siebzigern leben«, war nichts für mich. Die Couch meiner Schwester war nicht Ikea, sie war aber auch nicht skandinavisches Design. Sie war dunkelblau und schlicht und vor allem bequem. Niklas hatte mehrmals versucht, mich zu erreichen, auch auf Charlottes Festnetz, resolut wies sie ihn ab. Sie wusste viel besser als ich, wie man sich Menschen vom Leib hielt, das war früher auch schon so gewesen. Als die vielen vermeintlichen Freundinnen unserer Mutter nach dem Tod unseres Vaters helfen wollten und sie – mitten in ihrer Pubertät, jung, hager und sehr schön – die Familie besser zu schützen wusste, als unsere Eltern zusammen es je hinbekommen hatten.

An den ersten Abenden nach meiner Ankunft hatte ich noch versucht, ihr etwas zu erzählen, nachdem sie endlich den Laptop zugeklappt hatte, von Niklas, von seiner Trinkerei und warum ich irgendwie doch immer gedacht hatte, dass das hinhauen könnte mit uns. Sie hörte zu, nickte fleißig während meiner Schilderungen und kommentierte den ein oder anderen Vorfall nicht ohne Wut. Insgesamt aber blieb sie sachlich, fast ein wenig kühl. Das konnte sie eben sehr gut. Und was ich ihr früher als Kaltherzigkeit übel genommen hätte, ließ mich nun still und nachdenklich werden. Ich wusste, dass sie recht hatte, ich wusste, dass es nichts brachte, zu jammern, ich wusste, dass von nun an nichts wichtiger war als jeden auch nur für wenige Sekunden aufkeimenden Gedanken daran, Niklas zurückzuwollen, im Keim zu ersticken, die Glut zu löschen, noch bevor Rauch aufsteigen konnte. Ich hatte meine Sachen gepackt, war Mutter eines gesunden, oft sogar gut aufgelegten Kindes, wir würden uns ein schönes Leben machen. Das ging bestimmt auch ohne den Vater und seinen Penis, den er – wie ich nachträglich aus dem kleinen, aber vertrauenswürdigen Kreis von Bekannten in der alten Heimat erfahren hatte – in die halbe Belegschaft des Theaters gesteckt haben musste.

»Was willst du jetzt machen?«, hatte Charlotte mich ein oder zwei Wochen nach meiner Ankunft in Berlin gefragt. »Singen ist ja erst mal nicht, oder?« Ganz beiläufig, zu meiner Erleichterung auch ohne den Hauch einer Forderung, hatte sie mir diese

Frage gestellt, während sie ihre Espressotasse in die Geschirrspülmaschine geräumt und ihr Smartphone nach der Frühstückslektüre weggelegt hatte. Emils Windel war voll, der Geruch hatte begonnen, sich in der gesamten Küche auszubreiten. Ich musste mich jetzt kümmern und nicht später und blieb ihr so die Antwort schuldig.

Wir eilten ins Badezimmer, ich wünschte meiner Schwester einen schönen Tag. Längst hatte ich beschlossen, hierzubleiben, nicht nach Weimar zurückzugehen, aber wie genau sollte ich es anstellen, wie an Auftritte kommen? Ich hatte noch keinen Masterplan, aber doch ein paar Ideen. Nach dem Wickeln zog ich mein Kind an, schlüpfte selbst in mein schönstes Kleid – es war dunkelgrün und hatte einen abgefahrenen Kragen aus bunten Perlen – und machte mich auf den Weg in einen Jazzclub, von dem eine Kommilitonin aus der Musikhochschule immer schon geschwärmt hatte. In der U-Bahn ging ich noch einmal stumm die Melodie von »I'm gonna leave you« durch, während ich Emil über den Kopf strich und die Grimassen einer netten alten Dame in seine Richtung zu ignorieren versuchte.

Der Mann in dem Club trug Dreitagebart und hatte warme braune Augen. Wir hatten auf einem Barhocker Platz genommen, genauer Emil auf meinem Schoß und ich auf dem Hocker. Ich fühlte mich nicht einmal unwohl in meinem Kleid – ich bin ein Mensch, den oft das Gefühl überkommt, fehl am Platz zu sein, wenn ich mich schick gemacht habe –, nein, mit dem

Kleid hatte ich alles richtig gemacht, aber mein Sohn passte einfach nicht in die Situation. Er war der Fehler in der Gleichung. Etwas debil lächelten wir ins fahle Licht, das in den dunklen Raum durch einen Fensterspalt fiel. Also ich konnte mir sehr gut vorstellen, hier zu singen!

»Deiner?«, sagte der Mann und zeigte auf Emil.

»Nein«, sagte ich. »Seine Mama ist meine beste Freundin. Ich sitte den nur. Was tut man nicht alles für beste Freunde«, schob ich hinterher. Anscheinend konnte ich das gut mit dem Lügen, denn der Mann hielt sich nicht weiter mit dem Thema auf, er war auch nicht zu Smalltalk aufgelegt, wollte lieber gleich zu den Fakten überleiten.

»Wo hast du schon gesungen?« Emil griff nach dem Glas in meiner Hand. »Nein«, sagte ich schroff. »Ist zu sprudelig!« Ich schenkte dem Herrn mein zartestes Lächeln, es interessierte ihn kein bisschen.

»Wo bist du aufgetreten? In letzter Zeit …« Er goss sich Tomatensaft ins Glas, gähnte etwas gelangweilt, langsam schien eine Antwort fällig. Dieses Mal blieb ich bei der Wahrheit.

»Hier in Berlin noch nirgends, leider.« Ich nahm einen großen Schluck Mineralwasser. »Offiziell studier ich noch. Jazzgesang. In Weimar.« Ich wollte ganz selbstbewusst wirken, während ich das sagte.

»Gibt es viral etwas von dir?« Ich hasste das Wort »viral«. Ich sagte nichts. »Webseite. YouTube. Sound Cloud.«

»Ich bin schon aufgetreten, aber –« Es interessierte ihn nicht. Er sprach einfach weiter.

»Muss ich jetzt deiner Generation erklären, wie man sich online vermarktet.« Er klang nicht einmal streng dabei. Nur gleichgültig. Nüchtern. Ich war ihm einfach egal. Emil wurde unruhig. Ich setzte ihn gerade hin. Ich flüsterte ihm etwas ins Ohr und er schmiegte sich an mich.

»Normalerweise buche ich nur Leute, die eine Agentur haben«, setzte der Herr fort. Um mir noch eins auszuwischen.

»Ich war im Gespräch mit einer«, antwortete ich prompt. Was sogar stimmte. Er sah mir in die Augen. Wieder mit diesem Ausdruck im Gesicht, der kundtun sollte, dass er ein Mensch sei, der sich nicht leicht beeindrucken ließ. Er nahm einen Flyer vom Tresen, darauf standen irgendwelche Programmpunkte, Jazz Highlights und Feel-Good-Abende, er schob ihn mir unter die Nase, als sei es Müll, den ich entsorgen sollte.

»Komm doch morgen Abend einfach vorbei. Wir machen Jam-Session. Wollen wir nach viel zu langer Winterpause wieder aufnehmen.«

Das war auf seltsame Weise nett. Das ließ ein Herz hinter seiner bestimmt sehr behaarten Brust aufblitzen. Das war doch gerade eine Einladung gewesen. Ich schob meinen Hintern vom Barhocker, steckte Emils Fläschchen wieder in die Tasche, zog meine Jacke über und tat, was mir in diesem Raum bislang am besten gelungen war. Ich lächelte. »Danke für das Wasser«, sagte ich und bewegte mich Richtung Ausgang. Der Clubbesitzer machte keine Anstalten, mich zur Tür zu begleiten, rief mir dafür aber nicht ohne Enthusiasmus in der Stimme hinterher:

»Wir haben einen guten Hauspianisten. Kannst spontan mitmachen. Dann hör ich dich live.«

Den Rest des Nachmittags verbrachte ich damit, Kitas abzutelefonieren. Natürlich war alles weitaus komplizierter, als ich es mir ausgemalt hatte. Ohne Berliner Meldebescheinigung ging gar nichts, und ob ein Untermietvertrag bei der Schwester ausreichte, bezweifelten fast alle Damen und Herren, die ich an die Strippe kriegen konnte. Um halb sechs stieß Charlotte die Wohnungstür auf. Was mich wunderte. So früh war sie, seit ich hier wohnte, nie nach Hause gekommen. Sie zog ihre hohen Schuhe aus, gab einen Laut von sich, den ich nur schwer interpretieren konnte, und warf ihre Handtasche in hohem Bogen auf die Couch. Wo war ihr Laptop? Die große Aktentasche?

»Den habe ich heute im Büro gelassen. Krass, oder?«, gab sie süffisant zur Antwort und roch an dem Gulasch, das ich schon morgens gekocht und eben wieder auf den Herd gestellt hatte.

»Krass, weil?«

Sie verzog das Gesicht.

»Krass, weil das keine meiner Kolleginnen macht. Wenn ich heute Abend noch Expenses bearbeiten muss für Holger, dann – ist das Gulasch sehr scharf?« Ich atmete auf.

»Nein, ich hab noch nicht richtig gewürzt. Weil ich mir schon dachte, dass –« Emil furzte sehr laut. Charlotte lachte. Ich sah auf die Liste in meinem Laptop. Da waren noch drei Kitas, bei denen ich mich melden wollte.

»Mit wem hast du gesprochen?«, wollte Charlotte wissen. Ich kannte ihren Gesichtsausdruck, als das Wort »Kita« fiel, nur zu gut. Ich konnte ihre Gedanken lesen, die lauteten in etwa: »Chaos« oder »Kein Plan« oder »Was wird das wieder?«.

»Ich brauch einen Job«, sagte ich, bevor sie auch nur auf die Idee kommen konnte, irgendeine verunsichernde, meinen Elan zerschmetternde Frage zu stellen. »Geld verdienen und wenn es geht, singen.« Gelassen rührte sie im Gulaschtopf, drehte die Flamme kleiner. Schwieg zu meiner Verwunderung lange. Ihr Handy vibrierte. Mit ausdrucksloser Miene las sie die Nachricht.

»Christoph kommt vielleicht vorbei.«

Ich klappte den Laptop zu und begann, den Tisch zu decken.

»Hätte ich ein Kind, würde ich es genießen, mal frei zu haben. Mein Kind aufwachsen zu sehen ...«

Blöde Kuh. Was sollte das denn.

»Das klingt ja emanzipiert«, erwiderte ich und wusste, ich sollte schweigen. Schließlich kannte ich unsere Dynamiken, ich hatte sie nicht vergessen, nur verdrängt, weil wir uns schon seit ein paar Jahren nicht mehr auf engstem Raum aufgehalten hatten. Es war besser, nicht auf ihre Provokationen einzugehen. Sie wusste, wo es lang geht, und ich war die Träumerin. Bislang war es immer so gewesen, dass unsere Rollen festgeschrieben, nein einzementiert schienen. Wann immer ich während unserer letzten Begegnungen auch nur versucht hatte, meine Rolle als die kleine, naive Schwester infrage zu stellen, oder mich gar dagegen aufzulehnen, war das Ganze nach hinten losgegangen. Wann immer ich versuchte zu sagen, »Schau doch mal, eigentlich bin ich ganz anders«, erinnerte sie mich mit ihren Sprüchen daran, dass es vermutlich nicht so war. Ich wusste, ich sollte die Klappe halten, aber die Macht der Gewohnheit siegte. Und auch meine Sturheit.

»Ich will Sängerin werden. Ich muss Gigs reinkriegen. Bis das Ganze richtig anläuft, muss ich Privatstunden nehmen. Und natürlich für Emil sorgen. Ich brauche Geld. Also muss ich jobben! Er kommt in die Kita. Was ist daran denn falsch?«

Sie tippte etwas in ihr Telefon, spannte mich durch das Ausbleiben einer Antwort auf die Folter. Tat sie so, als habe sie mich nicht gehört, oder musste ich einfach lauter sprechen? Ihr Kopf kippte nach hinten, sie ließ ihn rotieren – es war die Sekretärinnen-Krankheit hatte sie mir gestern erklärt, dieser verfluchte Nacken, allzu oft verspannt – und sagte schließlich, endlich:

»Ist doch gut, wenn du einen Plan hast.«

Später rief unsere Mutter an, zuerst auf normalem Weg, dann über Video, sie wollte facetimen, sie wollte Emil sehen. Den wollte ich zwar so bald wie möglich ins Bett stecken, aber na gut, so oft kam es wirklich nicht vor, dass Mama sich meldete beziehungsweise Lotte und ich auch rangingen, also erfüllte ich ihr den Wunsch und hielt den Knirps in die Kamera. Meine Schwester grüßte halbherzig lächelnd und stellte ein, zwei Fragen sehr allgemeiner Natur. Sobald sie eine

Antwort erhalten hatte, behauptete sie, noch arbeiten zu müssen, und war verschwunden.

Wenn es etwas gab, das Charlotte und mich zurzeit, na ja, um genau zu sein, seit Jahren verband, dann war es die Distanz zu unserer Mutter. Wir liebten sie, weil sie – als wir klein gewesen waren – bestimmt einiges richtig gemacht hatte und unsere Erinnerung daran noch nicht verblasst war. Aber Papas Krebsdiagnose, die mitten in Charlottes Pubertät und in mein erstes Grundschuljahr gefallen war, hatte alles verändert. Eine unendlich kraftlose, abgemagerte und labile Frau kämpfte sich in den nächsten Jahren vor unseren Augen buchstäblich durch den Alltag. Solange Papa noch am Leben gewesen war, war sie nur für ihn da gewesen, hatte ihn zu jedem Arztbesuch begleitet, ihn praktisch jede Sekunde umsorgt, als er aber gestorben war, schien alles egal. Ob man nun Behördengänge wahrnahm oder nicht, ans Telefon ging oder nicht. Der Kühlschrank gefüllt werden musste. Sie schien es wahrzunehmen, aber immer einen Ticken zu spät, immer dann, wenn zu Hause im Grunde schon gar nichts mehr funktionierte. Ein paar ihrer Freundinnen kamen ab und an zu Besuch, sie entpuppten sich aber als nicht sehr hilfsbereit oder teilnahmsvoll, meist wollten sie nur über ihre Eheprobleme reden. Die frisch gebackene Witwe hörte apathisch zu und sagte nichts, irgendwann machte Charlotte eine Ansage, erklärte sachlich, dass unsere Mutter Ruhe benötigte und keinen Besuch. Und warf die Damen einfach raus. Ich saß da und staunte und sehnte mich nach Papa und wusste nichts mit mir anzufangen – war damals auch noch keine zehn. Lotte schien nicht zu trauern oder wenn, dann nur heimlich und sehr spät vor dem Schlafengehen. Sie mutierte zur Funktionärin. Was wohl notwendig war, wenn wir nicht ganz untergehen wollten. Mama ging kaum noch arbeiten, die Witwenrente reichte zum Glück gerade so aus, sie kämmte uns ab und zu die Haare und bügelte einmal im Jahr die Blusen für den ersten Schultag, die meiste Zeit aber war sie uns entglitten, lag oder saß vor Trauer gelähmt irgendwo herum, und ja – es fiel uns immer schwerer, sie lieb zu haben.

Jetzt lächelte sie in die Kamera, winkte Emil zu, diese Reise schien ihr wirklich gutzutun. Sie fragte nicht viel, das hatte sie noch nie gemacht, löcherte mich jedenfalls nicht mit Fragen, wie andere Eltern das oft taten. Solange die Dinge liefen, liefen sie, solange Geld auf dem Konto war, ein Dach über dem Kopf, war alles gut. Seit ich Mutter war, hatte sich das ein wenig geändert, aber sie ging das sehr behutsam an mit ihrer Oma-Rolle. Sie wusste, dass ihr nur bedingt etwas zustand in Sachen Verantwortung, Fürsorge für den Kleinen. Weil die letzten zwanzig Jahre zwischen uns so verlaufen waren, wie sie verlaufen waren. Sie freute sich aber immer, wenn sie Emil sah, es war echte Freude, sie strahlte, und ob ich es nun wahrhaben wollte oder nicht, das freute mich dann auch. Es rührte mich, und wer weiß, vielleicht würde bald der Tag kommen, an dem sie es mit ihrem Enkel anders machte, als bei ihren Töchtern.

Ich genoss Marthas Anwesenheit in meinem Leben, in meiner Wohnung, ich liebte sie wirklich und wir hatten es oft schön zusammen. Es gab Momente, in denen ich vergaß, dass es über ein Jahrzehnt her war, dass wir unter einem Dach gelebt hatten. Mit ihr konnte ich so albern und leicht sein, und zwar anders, als ich es je mit einer Freundin geschafft hätte. Meine Schwester war manchmal herrlich derb, zugleich aber auch sehr sensibel. Sie blickte stets offen und erwartungsvoll auf diese Welt, etwas, worum sie natürlich auch beneidet wurde. Wofür man sie bewunderte. Wenn man sie aber von klein auf kannte und gezwungen war, ihr aus nächster Nähe dabei zuzusehen, wie sie aus einer blöden Situation in die andere torkelte, einfach nur, weil sie gelernt hatte, viel runterzuschlucken – konnte man nicht umhin, sich stets Sorgen um sie zu machen. Und das mit der Kunst war in meinen Augen auch nur eine Flucht. Mir war vom ersten Abend an klar, dass man sie nicht mit allem allein lassen konnte. Hatte man noch nie gekonnt. Ich meine: allgemeine Organisation im Alltag und jetzt auch noch mit Kind. Mit dem süßen Emil. Ich riss mich zusammen, wenn sie von ihren Träumen faselte. Meine Schwester war begabt, eine grandiose Sängerin, aber auch realitätsfern. Karriere als Jazzmusikerin. In Berlin. Kein Einkommen. Keine Ersparnisse. Aber ich wusste auch seit jeher, dass sie schwer zu bremsen war. Und stur.

Das Kind musste in die Kita. Besser heute als morgen, und danach würden wir weitersehen. An einem Nachmittag, von dem ich wusste, dass meine Chefs die ganze Zeit über im Flieger oder in einem mindestens zweistündigen Call oder im Urlaub waren, verließ ich das Büro und fuhr zu einer Kita, die zwar nicht in meinem Kiez, aber doch nur einen weiter lag, und von der mir eine Bekannte erzählt hatte. Das Personal dort sei unkompliziert, die Anmeldung ginge unbürokratischer als woanders vonstatten und sie habe gehört, es gebe freie Plätze. Nachdem die geschäftigen Mütter ihre Kinder durch den Flur gezerrt hatten und ich mich abgemüht hatte, ihnen mit ehrlichem Glanz in den Augen zuzulächeln – obwohl ich Platzangst bekam in diesem Flur und Konversationen zwischen Groß und Klein mir so was von auf die Nerven gingen –, klopfte ich an die erste Bürotür, die mich anlachte und wartete geduldig auf Reaktion. An der Tür hing ein Schild. »Herr Saueregger«. Darunter: »Leitung«. Ich hatte kein Problem damit, mich an die Leitung zu wenden.

Herr Saueregger öffnete die Tür einen Spalt breit. Wie albern. Konnte er mich nicht einfach reinbitten? »Haben Sie einen Termin?« Ich verneinte sachlich und ließ ihn mit sanftmütiger Stimme wissen:

»Ich störe nicht lange.«

Er machte Ernst und hörte tatsächlich nicht auf, durch den Türspalt zu sprechen.

»Hören Sie –«

Ich war dazu erzogen worden, anderen nicht ins Wort zu fallen. Ging manchmal aber nicht anders.

Mit Sicherheit klang ich nicht mehr so sachlich – es war mir egal.

»Ich würde gerne ein paar Unterlagen abgeben.« Mit einer Mischung aus Irritation und Wut sah er mich an. Sein Mund stand offen, und für einen Moment schien er sprachlos. Ich nutzte die gewonnene Zeit, um mein charmantestes Lächeln aufzusetzen. Er bat mich hinein. Kaffee und Wasser winkte ich höflich ab und blieb in meinem pragmatischen Modus – ohne dabei das Lächeln abzustellen.

Ich nahm die Unterlagen, die ich im Büro mühselig in Plastikhüllen, die schon von Dutzend Unternehmensberatern betatscht worden waren, einsortiert hatte, aus meiner Ledertasche. Bevor der Herr etwas sagen konnte – hatten wir uns überhaupt schon vorgestellt, die Hände geschüttelt? – setzte ich zu einem kleinen Monolog an, den ich auf dem Weg hierher gründlich geprobt hatte.

»Ich bin nicht die Mutter, traue aber der deutschen Post nicht und deshalb dachte ich, ich bringe alles persönlich vorbei. Emil ist aufgeweckt, gesund, schläft schon durch.« Ich schichtete ein paar der Papiere um, damit die relevanten obenauf lagen. »Hier sind alle Unterlagen zu meiner Anstellung.«

Da fiel Herr Saueregger mir ins Wort!

»Warten Sie. Wenn Sie nicht die Mutter sind –« Und wieder vergaß ich meine bürgerliche Erziehung. Bevor er etwas sagen konnte, sprach ich einfach weiter.

»Emil ist mein Neffe. Ich habe eine Festanstellung. Seit fünf Jahren. Hier meine Gehaltsnachweise, mein Mietvertrag ... Der Untermietvertrag meiner Schwester.«

»Hören Sie, die Mutter muss schon selbst vorstellig werden.«

Ich konterte rapide:

»Das macht sie sehr gerne.« Ich betonte das »sehr«. »Mein Büro ist in der Nähe und ich wusste, dass ich eher hier sein kann als sie.« Wieder starrte ich auf die Unterlagen, um Zeit zu gewinnen. Ich hatte das Gefühl, das viele Umsortieren hatte mich unsicher, nervös wirken lassen. Sieh ihn besser wieder an! Ich blickte ihm tief in die Augen. Lächelte. »Bei Fragen bin ich jederzeit erreichbar.« Ich betonte das Wort »jederzeit«. »Ich weiß, dass Sie freie Plätze haben. Geben Sie uns eine Chance!« Ich war gut gewesen, aber da ging noch mehr. Herr Saueregger wurde ungeduldig.

»Danke. Aber wissen Sie, so spontan –«

Ich pfiff endgültig auf meine Erziehung.

»Vielleicht geht es spontan. Ausnahmsweise.« Ich sah ihm sehr, sehr lange in die Augen. Er schwieg. Und bat mich nach draußen. Das Lächeln hielt ich aufrecht, bis ich am Ende des Flurs angekommen war.

MARTHA

Es war wieder eine anstrengende Nacht gewesen. Emil war nicht oft wach geworden, hatte aber laut geträumt, sich ständig hin und her gewälzt. Ich stand am Waschbecken, hatte den Mund ausgespült und starrte vor mich hin. Zum Glück war er in den frühen Morgenstunden noch mal weggeschlummert, das schenkte mir vielleicht sogar eine volle Stunde Zeit. Ich begutachtete das Kosmetiksortiment meiner Schwester. Sie besaß nicht viel mehr als ich, vielleicht sogar weniger? Aber natürlich teureren Kram. Ich schüttete mir viel kaltes Wasser ins Gesicht. Wach, wach, wach werden. Zupfte an der Haut unter meinen Augen. Zwickte mich in die Wangen. Bis ich mich frisch und munter fühlte. Oder mir zumindest einredete, es zu sein. Tipptopp angezogen und frisiert hing Charlotte über ihrem Handy, sie stand am Tresen, als ich die Küche betrat. Sie scrollte und scrollte, tippte eine Nachricht und legte das Telefon weg, als sie mich bemerkte. Wollte nach einem Guten-Morgen-Gruß wissen, ob ich ihr Rouge benutzt hätte. Nein, hatte ich nicht.

»Früher haben wir unser Make-up immer geteilt.« Ich konnte es mir nicht verkneifen.

»Steht dir!« Sie wollte von Spannungen ablenken, noch bevor sie auftraten. Ihr Telefon vibrierte.

»Dein Chef?«, wollte ich wissen.

Charlotte warf einen flüchtigen Blick auf das Display.

»Nein, ist nur so eine Freundin, die mich nervt. Seit sie Mutter geworden ist, spamt sie mich ständig mit Babyfotos zu.«

O Gott, ich hatte das hoffentlich nicht gemacht.

»Hab ich das auch gemacht?«

»Nein«, sagte Charlotte. »Du hast dich viel zu selten gemeldet.«

Die Tür zu Charlottes Zimmer wurde aufgestoßen. Ihr Typ schlurfte raus. Ich hatte ihn zweimal gesehen bisher – auf Fotos –, sie erzählte nicht viel von ihm. Er war größer als ich gedacht hatte, ein großer Mann von der schlaksigen Sorte. Er drückte meiner Schwester einen unnötig langen Kuss auf den Mund, gab sich wohlerzogen und reichte mir die Hand. Ich nuschelte meinen Namen.

»Christoph.«

»Freut mich, hab schon viel von dir gehört«, sagte ich. »Lüg nicht«, sagte Charlotte. Wir kicherten in uns rein, beschwichtigend klopfte sie ihm auf den Hintern, er nahm auf einem Barhocker Platz und versuchte, mitzulachen. Ich brauchte jetzt einen Kaffee, zögerlich machte ich mich an die Bedienung der Kaffeemaschine. Charlotte brauchte keine drei Sekunden, um mich beiseitezuschieben.

»Warte, ich mach schon.« Sie wollte süß klingen, es gelang ihr aber überhaupt nicht. Der bossy Tonfall stand ihr schließlich besser. Zu meiner Überraschung fand ich in Christoph einen Verbündeten. Wir warfen uns einen belustigten Blick zu, während Charlotte an der Maschine hantierte, eine Espresso-Kapsel in die dafür vorgesehene Öffnung stopfte, eine kleine Tasse unter den Brühkopf stellte und den richtigen Knopf drückte. Sie schaute dem fließenden Kaffee zu. Alles akkurat ausgeführt, kein Handgriff ins Leere. Na ja. Sie machte es auch jeden Tag. Sie stand so breit vor diesem teuren Ding, dass es unmöglich war, ihr über die Schulter zu sehen. Und wieder konnte ich es mir nicht verkneifen.

»Seit ich denken kann, weiß meine Schwester besser als ich, wie man eine Mikrowelle bedient, den Herd einschaltet ...«

»Dafür weißt du, wie man Kinder in die Welt setzt«, sagte Charlotte. Sie hatte sich weggedreht, die Tasse in der Hand, hielt mir den duftenden Espresso vor die Nase und setzte ihr zartestes Lächeln auf. Christoph hatte anscheinend das Bedürfnis etwas zu sagen, aber aus seinem Mund kam nur lautloses Kichern. Lotte düste ins Badezimmer, nicht ohne uns wissen zu lassen: »Muss jetzt los. Hab um zehn einen Termin für den Visumantrag eines Beraters.« Ich gab mir Mühe, nicht die Augen zu verdrehen, schließlich wollte ich von Christoph gemocht werden. Wo er doch meine Schwester zu mögen schien, vielleicht sogar sehr und – sich mit ihm hinterrücks über sie lustig zu machen, war wohl doch eine absurde Idee gewesen. Ich rührte Zucker in meinen Espresso. Der schlaksige Typ und ich gönnten uns ein paar stille Momente.

»Und was machst du so«, sagte ich.

»Bin Programmierer.« Ich schlürfte den Kaffee, er war wirklich gut! Wir schwiegen.

»Und du? Studierst noch?«

»Ja, in Weimar. Bin praktisch schon fertig.«

»Und, jetzt?«

Ich schluckte tapfer und antwortete: »Will ich hier Fuß fassen.« Ich schluckte noch einmal. »Will mir in Berlin ein Netzwerk aufbauen.« »Netzwerk« war mein persönliches Hasswort, aber auf die Schnelle war mir kein anderes eingefallen. Emil schrie im Gästezimmer. Die Zeit für Konversation war abgelaufen.

Auf wackligen Beinen war ich nach Hause gestakst. Es war tatsächlich schon Mittag. Ich hatte etwas getan, das ich seit Ewigkeiten nicht mehr getan hatte. Etwas, das nur Studenten tun. Bis vier Uhr morgens trinken und es mir auch nicht nehmen lassen, bei einem Kollegen aufzuwachen. Es war zwölf Uhr zwanzig, ich hatte einen Schädel, den ich meinem schlimmsten Feind nicht wünschte, und warf mich auf die Couch. Beschloss rasch, alles in meinem Handy langweilig zu finden und legte es weg. Ich schaute umher. Irgendwas war anders. Martha hatte geputzt. Nicht nur ein bisschen, alles glänzte blitzeblank. Dann schlief ich ein.

Mein Katernickerchen war leider nur von kurzer Dauer, meine Schwester trippelte aus ihrem Zimmer und gesellte sich zu mir auf die Couch. Den süßen Emil auf dem Arm. Sie lachte und nannte mich Partymaus.

»Hast du die ganze Wohnung geschrubbt?«, fragte ich.

»Musste mich irgendwie bei Laune halten. Nachts, so ganz alleine in der Wohnung.« Sie war ja nicht alleine gewesen, Emil war doch da. Oder war das eine Anspielung darauf gewesen, dass ich buchstäblich nicht alleine gewesen war? Sachlich erklärte ich ihr, dass es nicht nötig gewesen wäre. Martha winkte ab. Meinte, dass sie das doch gern mache.

»Ja, Martha. Aber ich hab doch eine Putzfrau.« Jetzt schmollte sie, zupfte an Emils Kragen. Mein

Kopf brummte, doch als ich Emil näher betrachtete, war ich schlagartig besser drauf. Sein Gesicht war voller Rotz, er grinste breit. Martha ließ nicht locker mit dem blöden Putzthema und vermieste mir wieder die Stimmung. »Kündige ihr doch.«

»Martha.« Sie rannte ins Badezimmer. Emil hatte laut und deutlich geschissen. Schweren Herzens zwang ich mich, aufzustehen, hopste hinterher und hoffte, dass meine Gliedmaßen nicht gleich wieder schlappmachten. Nie wieder Alkohol.

Im Badezimmer bewunderte ich ihre professionellen Handgriffe im Umgang mit Windel, Wasser und Feuchtigkeitstüchern.

»Das mit dem Kündigen war ernst gemeint. Warum kann ich nicht deine Putzfrau werden? Ich brauch Geld.« Bevor das Drama losging, atmete ich tief durch. Martha konnte sehr schnell emotional werden, wenn sie wollte. Ich kannte das von früher. Irgendeine Sicherung brannte durch, sie fing an zu heulen. Oft hatte ich sie um ihre Sensibilität beneidet, seit wir beide das waren, was allgemein als erwachsen bezeichnet wird, nervte mich dieser Charakterzug an ihr aber ganz schön. Und auch jetzt wurde ich ungeduldig.

»Spinnst du. Du bist meine Schwester, ich kann dich doch nicht bezahlen.« War mir nicht so geglückt mit dem ruhig bleiben.

»Für eine Dienstleistung!«

»No way.« Deutlicher konnte man es wohl nicht sagen. Erst jetzt sah ich in den Spiegel. Die Spuren der letzten Nacht waren noch präsent, verschmierte

Schminke überall. Ich griff zu den Feuchtigkeitstüchern und ignorierte den Geruch von Kinderkacke, der sich bis in alle Ecken des Raums ausgebreitet hatte. Sie tat mir jetzt doch leid. Meine kleine Schwester.

»Warum sagst du denn nicht, dass du Geld brauchst? Ich kann dir was leihen.« Darauf ging sie nicht ein.

»Und, wo hast du geschlafen?«, fragte sie. Das konnte sie auch immer gut: ablenken. Ich konnte ja einfach mal schweigen. Einfach nicht antworten. Sie ließ nicht locker.

»Bei Christoph?«

Fast hätte ich gesagt, wo sonst. Aber so sehr Martha manchmal nervte, ich konnte sie nicht anlügen. Hatte ich noch nie gekonnt. Sie war meine Schwester. Familie lügt man nicht an.

»Nur so ein Kollege mit dem ich ab und zu ins Bett gehe.«

Emil quengelte, die alte Windel landete im Müll, zu dritt spazierten wir zurück ins Wohnzimmer. Sie spulte ihren Fragenkatalog ab, ob ich das oft mache, mit mehreren Männern parallel und wie das so sei und einfach so Sex, ohne Liebe, oder wie? Ich ließ sie wissen, dass ich arg verkatert sei und nicht reden wolle und sie doch wisse, dass es zwischen Christoph und mir ein gewisses Commitment gebe. Das war im Grunde doch alles, was zählte. Martha jammerte.

»Ich werde bestimmt erst in zwanzig Jahren wieder Sex haben.« »Warum?«

»Wer will schon mit einer alleinerziehenden Mutter ins Bett?«

Darauf hatte ich keine Antwort parat. Mein Blick fiel auf die Küchentheke. Dort lag ein Apfel. Gutes altes Obst, danach hatte ich mich gesehnt. Vitamin C, Balsam für meinen Zustand. Martha hatte ihn bereits angeschnitten, in prallem Rot glänzte er auf dem Holzbrett, daneben das Steakmesser! Mein geliebtes, erst kürzlich erworbenes Steakmesser.

»Martha.«

»Was?«

»Hast du dieses Messer zum Obstschneiden benutzt?« Die Dinge ein bisschen genauer zu nehmen, war noch nie ihre Stärke gewesen. Sie kicherte jetzt mit Emil und zuckte mit den Schultern. Das war die Krönung. Es war ihr schlichtweg egal.

»Mann. Das ist das Fleischmesser.«

»Sorry«, sagte sie, sagte es so, als wolle sie eine Frage stellen und keine Aussage treffen.

»Das wäre der Putzfrau nicht passiert!«, sagte ich und holte das Obstmesser aus der Schublade. Wütend hackte ich drauflos, zerteilte den Apfel in unnötig viele kleine Stücke und verzog mich mit Brett und Obst in mein Zimmer.

MARTHA

Mein Versuch, »ganz spontan« bei einer Live-Session in einem hippen Jazzclub aufzukreuzen, war gescheitert, weil ich keine Betreuung für Emil gefunden hatte. Wie eine Irre hatte ich auf Günstige-BabysitterInDeinerGegend.de gesurft, hatte Lotte angerufen, die aber nicht ans Telefon gegangen war, weil sie in einer Cocktailbar versumpfte. Jetzt machte sie dieses Versäumnis wieder gut und drehte mit Emil eine Runde um den Block, während ich mich einem Agenten für Musiker in Berlin Mitte vorstellte. Diese Home-Office-Regelung in ihrer Firma war wirklich toll. Sie war auf dem Handy erreichbar, die Mails, die geschrieben werden mussten, konnte sie später im Büro tippen. Der Agent starrte auf meine Bluse und verunsicherte mich prompt, heute Morgen hatte ich zig Mal hin und her überlegt, ob die Tulpen darauf nicht zu groß oder zu bunt oder gar beides zusammen waren. Aber ich war jung und motiviert, warum sollte ich das nicht durch meine Klamotten zum Ausdruck bringen? Aus meiner Tasche zog ich die Mappe, die ich gestern Abend penibel befüllt und heute Morgen noch dreimal kontrolliert hatte, um sicherzugehen, dass auch wirklich alles, was ich aus meinem kurzen Leben karrieretechnisch vorzuweisen hatte, drin war. Ich legte dem Herrn ein Blatt Papier vor die Nase.

»Hier stehen die Professoren, die mich unterrichtet haben.« Seine Pupillen wanderten gelassen über den Ausdruck. Bei einer Zeile blieben sie hängen. »Sie ist sehr bekannt«, sagte ich und bereute es sofort. Entweder er kannte sie, dann würde ich dastehen wie ein kleines Mädchen, das zeigen wollte, wie gut es die Szene schon kennt, oder sie sagte ihm nichts – dann war ich eine Klugscheißerin. Er nickte freundlich, eine Geste, die ich natürlich schwer in die eine oder andere Richtung interpretieren konnte. Alles lief so oder so auf Fremdscham hinaus. Während er das Blatt zur Seite legte, konnte ich meine Klappe nicht halten.

»Ich kann auch ein Zeugnis besorgen. Über meine Hochschule. Hab es nur jetzt nicht dabei.« Warum eigentlich nicht? Ach ja, hatte fast schon vergessen, warum ich so überstürzt aus meiner Wohnung und Ehe und Stadt, in der das Zeugnis schnell besorgt werden konnte, geflüchtet war. Jetzt einfach mal nichts sagen, Martha. Er nickte wieder, dieses Mal ohne zu lächeln, das ließ mich aufatmen, es wirkte ehrlicher als gezwungene Nettigkeit. Er klappte seinen Laptop auf.

»Es gibt online leider nicht so viel von mir. Also noch nicht«, ließ ich ihn wissen, bevor er auch nur dazu ansetzen konnte, mich zu googeln.

»Schon gut. Sagen Sie mir noch mal Ihren Namen?«

»Martha Heinrich.«

»Schön. Klingt wie Martha Argerich.« Jetzt war ich dran mit Lächeln. Es kam von ganz tief unten. Das hatte noch nie jemand zu mir gesagt. Ich musste an die Schallplatte mit ihren Klavierkonzerten denken – Mozart, Beethoven, Chopin –, die ich leider in Weimar gelassen hatte. Die liebte ich.

»Und, Sie haben keine Aufnahmen dabei?«, nuschelte der Herr jetzt. Mein Lächeln erstarrte, ich hing immer noch meinem Tagtraum nach, bestimmt sah ich debil aus. »Tonaufnahmen« setzte er nach. Ich schüttelte den Kopf. Schämte mich. Schnell war's vorbei mit der lustigen Vorstellungsrunde. Der Agent zog eine Visitenkarte aus der Schublade, reichte sie mir, wollte nicht mehr lächeln.

»Ich brauche Aufnahmen. Von Ihrer Stimme. Melden Sie sich hier mal bei Gelegenheit. Ist ein Freund von mir.« Die Karte in der Hand hoffte ich weiterhin, dass das Schamgefühl nachlassen würde und sagte höflich:

»Danke schön.«

Charlottes Gesicht meldete Erleichterung, als sie mich sah. Ich hatte es rechtzeitig zum vereinbarten Treffpunkt, nämlich vor ihre Firma geschafft. Mit einer Hand schob sie den Kinderwagen, mit der anderen presste sie das Telefon ans Ohr. »Schaffst du es nicht zum Flieger?« Mit großen Gesten bedeutete ich ihr, dass ich übernehmen könne, ich blickte auf Emil, der Arme sah fertig aus. Verheult. Meine Schwester hielt das Telefon in die Luft, ich hörte ihren Chef krächzen: »Doch schaff ich. Hab aber ein Problem. Hab im Moment Sitzplatz E. Das ist eine Katastrophe. Muss arbeiten. Morgen Proposal-Abgabe. Kann ich was im Gang haben?« Emil fing an zu schreien. Lotti nahm die Hand vom Wagen und sagte: »Kannst du haben.« Dann legte sie auf. An ihrem Haaransatz hatten sich Schweißtropfen gebildet. Ich grinste breit, hoffte, mit ihr scherzen zu können, boah, klang der anstrengend, ihr komischer Chef, und Mensch, vielleicht war es ja nett gewesen vorhin, mit meinem kleinen Emil. Sie war da leider ganz woanders.

»Ich hab ihm zu trinken gegeben. Ihm die Enten auf dem Wasser gezeigt. Interessiert ihn alles nicht«, zeterte sie.

Ich bedankte mich leise und unternahm größtmögliche innere Anstrengungen, um sie nicht blöd zu finden.

»Er ist bestimmt nur müde«, erklärte ich.

»Ich muss rein«, sagte sie. »Einer der Hauptkunden meines Chefs hat schon dreimal angerufen.« Charlotte wandte sich von mir ab, zückte dieses schicke Teil, das Menschen, die in richtigen Unternehmen arbeiten, an Scanner halten – ihren elektronischen Schlüsselbund und hielt doch noch einmal inne. »Ah. Fast hätte ich es vergessen. Du hast die Zusage. Von dieser Kita.«

»Welche Kita?«

»Die, bei der ich ein gutes Wort für dich eingelegt hab.« Sie dachte sicher wieder: »Dummerchen«. Sagte: »Kita. Für deinen Sohn.«

Ich stand da wie paralysiert und ließ sie einfach weiterreden. »Zum nächsten Ersten beginnt die Eingewöhnung. Hab dir die Mail weitergeleitet.«

Das Bürogebäude hatte meine Schwester verschluckt. Die Tür fiel zu, das Piepen verstummte, und mir fielen tausend Steine vom Herzen. Ich krallte mich an den Kinderwagen, weil da nichts anderes war, woran ich mich festhalten konnte. Alles würde gut werden. Bald hatten wir so was wie ein Leben hier! Emil verstand natürlich gar nichts, aber es war egal, egal, egal. Alles würde gut werden. Ein Kitaplatz war die halbe Miete.

Der Abend verlief friedlich. Bis Charlotte anfing, durch die Küche zu tigern. Ich war dabei, das Abendessen zuzubereiten, hatte »You look good to me«

von Oscar Peterson angemacht. Mein aktueller Favorit.

»Oh Gott, Martha. Es tut mir so leid«, sagte sie. Das war doch sonst meine Rolle. Was war denn los? Sie hatte Emil auf dem Arm, niedlich und gut gelaunt sah er aus, in seinen grünen Frotteemantel gewickelt.

»Ich glaube, er hat Seifenwasser geschluckt. Also bisschen Schaum abbekommen.« Tief entspannt nickte ich und machte sie wohl umso wahnsinniger dadurch.

»Er hat mit Wasser rumgespritzt, hat was geschluckt, und jetzt hab ich Angst, dass –« Ich genoss meine Machtposition, zugleich konnte ich sie nicht lange leiden sehen.

»Halb so wild«, sagte ich und legte den Kochlöffel weg. »Er hat ja jetzt kein Stück von der Seife im Mund gehabt, oder? Dieser Schaum ist speziell für Babys gemacht.«

»Ja, aber doch nicht für Babymägen!« Charlotte wälzte sich geradezu im Zustand von Panik.

»Wir beobachten das«, sagte ich und schmunzelte, weil ich wie eine Chirurgin aus einer Krankenhausserie klang.

»Ich google das«, war Lottes Antwort. Sie übergab mir den Kleinen, trippelte zur Couch und wagte einen Blick in den aufgeklappten Laptop.

»Oh Mann. Schon wieder?«

»Was?« Sie tippte und tippte. Erklärte in Halbsätzen, dass es das Übliche war. Ihr Chef. 20:35 Check-in. Frankfurt umsteigen. War wohl extrem knapp. »Wie viele Flüge buchst du eigentlich so am Tag?«, fragte ich. Sie lachte. »Nicht mehr, als du Windeln wechselst.« Sehr witzig. Sollte das so eine Mutter-versus-Karrierefrau-Gegenüberstellung werden? Sie klappte den Laptop zu und murmelte:

»Bin ich mal eben nicht rund um die Uhr erreichbar.«

Charlotte verschwand in ihrem Schlafzimmer und kam mit einem Rock und einer Tweedhose, die sie über den Arm gelegt hatte, zurück. Verschwand ein weiteres Mal, kam mit einer hellblauen Bluse wieder. Musterte mit geschultem Blick die potenziellen Outfits, die sie auf der Couch ausgelegt hatte. Griff zur Bluse, roch daran.

»Du hast die nicht mit Feinwaschmittel gewaschen, oder?« Ich benutzte nie Feinwaschmittel, erahnte prompt die gewünschte Antwort und beschloss, ein wenig zu lügen. Zur Wahrung der Harmonie.

»Kann sein. Weiß nicht so genau.«

»Kann sein. Mann Martha. Das ist Seide.« Mir blieb nichts anderes übrig, als »Sorry« zu sagen. Meine Rettung klingelte an der Tür. Sie hieß Christoph. Bekam einen Schmatz auf den Mund und verzog sich mit meiner Schwester in ihr Schlafzimmer. Ich setzte mich mit Emil auf die Couch, um durchzuatmen, er roch frisch und war so anschmiegsam, das war einer der Momente, in denen ich ihn und ja, auch den Zustand, seine Mutter zu sein, über alles liebte. Er kicherte, ich drückte, küsste ihn, wir waren in unserem Element, bis ein Telefon uns störte. Ausnahmsweise nicht Lottes. Ich drückte ihm ein Spielzeug in die Hand, nachdem ich ihn auf seiner Decke deponiert hatte, und rannte zum Tresen. Mein Display zeigte »Ronja«. Von der hatte ich seit Monaten nichts gehört. Die wollte ich auf jeden Fall sprechen! Nicht vertagen.

»Hey Ronja! Voll lange nichts – ja, klar. Ach, es geht. Berlin ist toll, aber – ich bin pleite.« Sie fragte mich dies und das. Und schließlich etwas, das mein Herz hüpfen ließ.

»Ja, sicher singe ich noch.« Meine Schwester schlurfte aus dem Schlafzimmer, an mir vorbei, sah mich mit großen neugierigen Augen an, als wäre sie die Einzige, die abends wichtige Anrufe erhielt. Sie goss Rotwein in zwei Gläser, riß eine Packung Tortillachips auf und stellte eine große Schüssel bereit. Verschwand mit den Gläsern im Schlafzimmer, um gleich wieder rauszukommen, mich weiter seltsam anzustarren und die Chips zu holen. Ronja redete und redete am anderen Ende der Leitung. Emil ignorierte sein Spielzeug vollkommen und hatte begonnen zu schreien. Wie am Spieß. Aaaah. Ich wollte doch nur einmal in Ruhe telefonieren. Wo mich doch sonst nie jemand von früher anrief.

»Ronja, warte kurz. Ja, der Emil. Der ist schon sehr groß. Wann hast du ihn das letzte Mal gesehen?« Charlottes Starren mutierte zu einem altklugen Blick, sie zeigte auf ihren Neffen.

»Dem ist kalt am Hintern.« Emils Bademantel war wirklich offen, und er robbte mit dem blanken hübschen Popo über den Fußboden. Als ob es nicht ausreichte, schlaue Tipps zum Wohlergehen meines Kindes durch die Welt zu schleudern, setzte Lotte eins drauf. Sie stellte die Chips-Schüssel beiseite und steuerte auf Emil zu. Ach, wie hilfsbereit. Ich musste sie bremsen, machte durch eine eindeutige Geste klar, dass ich das alleine hinkriegte und nahm Emil auf den Arm. Er ließ sich schwer beruhigen. Ich presste das Telefon fester ans Ohr, um irgendwas von Ronjas Gebrabbel verstehen zu können. Tatsächlich hatte sie ein konkretes Anliegen.

»Ja, und wie oft probt ihr? Ach, das wär ja toll, so toll! Ich muss halt sehen, weil – Mann, Emil.« Ich war kurz vorm Ausrasten. Jetzt nicht am Kind auslassen, Martha. Er kreischte laut und immer lauter. »Du, Ronja. Kann ich dich später zurückrufen? Oder morgen, morgen, so um fünfzehn Uhr? Ich melde mich dann. Jaaaa. Schön, dass du angerufen hast, bis dann.« Ach, Emil, mir tat das alles ja auch leid. Alles. In hohem Bogen warf ich das Telefon Richtung Couch, wo es zum Glück weich landete. Dann wiegte ich meinen Sohn im Rhythmus eines Schlaflieds von Aretha Franklin, und er beruhigte sich langsam. Noch immer stand Lotte vor mir. Wollte wissen, mit wem ich gesprochen hätte. Neugierige Kuh.

»Eine Studienkollegin. Die gründen eine Band, hier in Berlin!« Sie hatte nur ein müdes »Aha« für mich übrig. Endlich ging sie Richtung Schlafzimmertür und besaß die Dreistigkeit, mir einen letzten Spruch reinzudrücken, bevor sie dahinter verschwand.

»Du, dem Emil ist viel zu kalt.«

»Danke für die Info«, brüllte ich. Und war mal wieder kurz vorm Heulen.

Als Emil endlich eingeschlafen war, war mir nicht danach, wie sonst immer um diese Stunde, mit ihm zusammen ins Bett zu gehen. Obwohl mein Körper sich anfühlte, als hätte man ihn nach ganz viel Schleudern aus der Wäschetrommel geholt. Also hing ich am Handy. Saß in der Küche und surfte im Reich der Sinnlosigkeit. Lotte kam aus ihrem Zimmer, ging wortlos pinkeln. Ich scrollte durch den Instagram Feed von Billie Eilish. Die Spülung rauschte, und als sie wenig später wieder an mir vorbeimusste, hatte meine Schwester wohl doch beschlossen, mit mir reden zu wollen.

»Warum noch wach, Emil schläft doch?« Ich erklärte, dennoch nicht einschlafen zu können. Ignorierte sie gekonnt und starrte weiter ins Telefon. Konnte ihren mitleidvollen Blick auf meiner rechten Wange spüren.

»Da hilft nur eins!« Charlotte lächelte neckisch, sie war wie verwandelt. Und, warum auch immer – war ich es auch. Ich kannte das Spiel von früher, hatte zwar Schwierigkeiten damit, es gleich ernst zu nehmen, doch dann entschied eine leise Stimme in mir, mich locker zu machen, nicht so bockig zu sein, es zuzulassen. Ich setzte ein theatrales Gesicht auf, eines das fragen könnte:

»Was meinst du denn?« Selbstverständlich machte sie mit.

»Das, was immer hilft bei dir.« Kicherte in sich rein. Sie kam näher, zog mich an der Hand auf die Couch. Ach, fast wie ein Liebhaber. Das fühlte sich gut an, vor allem weil es so lange nicht mehr geschehen war. Lotte grinste breit, schnappte sich meine Füße und begann, sie zu massieren und zu kitzeln. Ich lachte laut, sah sie angsterfüllt an, lachte wieder. Es war ein Spiel, ein dummes, kleines Spiel, eins, das wir vor zwanzig Jahren schon gespielt hatten. Gefahr wurde angedroht, mit Macht kokettiert. Das Opfer – heute sollte ich es sein, als Kinder hatten wir oft die Rollen getauscht –, gab sich mal hilflos, mal kämpferisch. Bis es sich ergab. Ich war so glücklich, dass es noch funktionierte. Atmete tief aus und spürte Lottes Finger, wie sie sanft, dann akkurat nacheinander meine Zehen und Fußsohlen knetete. Sie hatte mich erlegt, wie ein junges Reh. Mein Körper erschlaffte in einer einzigen, großen Entspannung. Die kaltherzige Jägerin löste den Griff, meine Füße plumpsten auf den Boden. Ohne mich noch einmal anzusehen, stand Charlotte auf. Flüsterte, als sie an ihrer Schlafzimmertür angekommen war:

»Muss schlafen. Den Telefonterror von heute Nachmittag auskurieren.« »Danke, das war schön«, sagte ich und meinte es auch. Alleine zurückgelassen, blieb mir wieder nur das Handy. Praktischerweise lag es schon neben mir auf der Couch, ich hatte keine Lust auf Instagram und öffnete einen anderen Kanal: iPhoto-Stream. Bilder deines eigenen Lebens. Ein gefährlicher Pfad, den ich da betrat. Niklas und ich. Bei einem Besäufnis vor drei Jahren. Im Park. Beim Heiraten. Auf dem Hochzeitsfoto. Ich grinste über beide Ohren. Weiter im Programm: ein Foto mit mir und Emil auf dem Arm, als Neugeborenes im Krankenhaus. So schnell verfliegt die Zeit. Ach, auch auf diesem Foto war Niklas zu sehen. Er strahlte, hatte seinen Arm etwas unbeholfen um meinen Rücken gelegt. Ich blickte in die Kamera. Sah erschöpft, aber seltsam glücklich aus.

DRITTES KAPITEL

MARTHA

Emil ging nun schon ein paar Wochen in die Kita. Es fiel mir nicht leicht, ihm in der Eingewöhnungsphase nach wenigen Stunden den Rücken zuzukehren und jedes Mal wenn er heulte, versetzte es mir einen tiefen Stich in der Brust. Aber was sollte ich machen, unsere »engste Zeit« zusammen war biologisch gesehen bald vorbei und: Er musste im Leben genauso weiterkommen wie ich. Also hetzte ich von einem Vorstellungsgespräch zum nächsten und hatte es mir an einem Nachmittag auch nicht nehmen lassen, durch die Flure der Berliner Musikhochschule zu schleichen, um mir vorzustellen, hier ganz offiziell einen Uniwechsel zu beantragen und einfach ein wenig weiter zu studieren. Niklas schickte natürlich kein Geld, nachdem ich schließlich doch einen seiner Anrufe angenommen und sehr deutliche Worte für unsere Situation gefunden hatte. Ich war nicht einmal aggressiv gewesen, hatte sachlich erklärt, dass ich mich getäuscht hätte, in allem, er ein Alkoholproblem habe – aber das wisse er selbst sicher besser –, darüber hinaus seinen Sexualtrieb nicht im Griff und es zusammengefasst einfach für immer vorbei sei zwischen uns. Und, dass er demnächst die Scheidungspapiere in seinem Briefkasten fände. Er hatte geschluchzt – was nicht besonders echt geklungen hatte – und am nächsten Tag unser gemeinsames Konto aufgelöst. Ich musste jetzt einfach Geld verdienen, das mit den Gigs war ein wenig in den Hintergrund gerückt, also ich wollte singen, unbedingt, aber so von der Straße weg schien mich keiner haben zu wollen. Ich würde mich an Ronja halten, die es ganz bald zurückzurufen galt, ich würde üben, sobald ich mehr Zeit dazu hatte, und jetzt, ganz aktuell, würde ich jobben, um Emils Windeln und mein Essen besorgen und irgendwann einmal vielleicht sogar Miete an meine Schwester zahlen zu können, die mich vollkommen umsonst bei sich wohnen ließ. Leider war meine Vorstellungstour sowohl in Cafés als auch an Supermarktkassen ohne Erfolg geblieben, und ich konnte nur darüber mutmaßen, ob die Ablehnung mit meinem Muttersein – das ich zu verschweigen aufgegeben hatte – zusammenhing oder mit meiner etwas verklemmten Art oder der Tatsache, dass ich eigentlich seit der Eistheken-Anstellung als Teenager nicht mehr gejobbt hatte. Eine Tatsache, die ich offen zugab, weshalb ich wohl weltfremd wirkte. Ich wollte singen, brauchte Geld. Und versuchte Niklas zu vergessen. Von alledem gelang mir Letzteres noch am besten.

Als ich ihn am Nachmittag abholte, sah Emil fast so aus, als würde er noch bleiben wollen. Etwas in mir ließ mich sehr traurig werden, zugleich staunte ich und – freute mich für ihn. Das nennt man wohl mütterlichen Altruismus. War doch schön, dass er hier Spaß hatte. Und mich, ach, bald gar nicht mehr brauchen würde. Die rothaarige Betreuerin, die weniger Lippenstift als sonst aufgetragen hatte, sagte:

»Er weint, wenn Sie weggehen, aber nach ein paar Minuten ist es auch schon wieder vorbei.« Ich nickte tapfer, drückte meinen Kleinen.

»Toll Emil!«

»Es ist jetzt aber nicht so, dass er Sie nicht vermisst.« Bla, bla. Mir war nicht nach einem psychologischen Gespräch zumute, bei dem sie mir Dinge aufzählte, die ich mir selber ausmalen konnte, und erklärte sachlich, dass ich am nächsten Tag gerne schon um elf Uhr gehen wolle, meinen Eingewöhnungsdienst also etwas verkürzen würde. Sie riss den Mund auf wie ein Halloween-Schreckgespenst.

»Nur zwei Stunden?!« Es ließ mich vollkommen kalt.

»Das schafft er schon.« Ich packte meine Tasche, schwang sie lässig über die Schulter, nahm Emil auf den Arm und zog seine Baskenmütze tiefer in die Stirn, so als könne ihn das davor schützen, diesen sinnlosen Dialog zu registrieren.

»Sie haben es ja ziemlich eilig, den Emil eigene Wege gehen zu lassen.« »Man kann es sich oft nicht aussuchen. Ich muss Geld verdienen«, sagte ich, freute mich, dass Emils Kleiderhaken in der Garderobe so nah an der Ausgangstür montiert war und lächelte ausnahmsweise mal nicht zum Abschied.

Wieder einmal staunte ich über Marthas umsichtige Griffe im Umgang mit der vollen Windel. Wie sie Emils Hintern wendete, putzte, mit dem Feuchtigkeitstuch durch alle Ritzen fuhr und ihr Werk mit dem Lappen vollendete, nachdem sie ihn unter lauwarmes Wasser gehalten hatte. Wir standen neben der Waschmaschine, die als Wickeltisch diente, ich schnitt Grimassen für Emil und beobachtete meine Schwester ehrfürchtig bei diesem Unterfangen, das ich niemals für so komplex gehalten hatte. Also wenn man will, dass sich auch wirklich kein bisschen Kacke Richtung Penis verirrt – das Von-vorne-nach-hinten-wisch-Prinzip –, aber auch, wenn man die Balance zwischen Seife, Wasser und Cremes wahren will. All das musste sorgfältig geplant und in Angriff genommen werden, und bei fehlerhafter Ausführung war mit einem Infektionsrisiko oder wochenlang unter Trockenheit leidender Babyhaut zu rechnen.

»Wow«, sagte ich.

»Wow, was?«

»Du machst das so professionell.« Sie lachte.

»Bald kannst du das auch.« Und drückte mir tatsächlich den Lappen in die Hand. Na gut, das war jetzt nicht so schwer, sie hatte ja schon alles sauber gemacht, aber als ich die Windel anlegen sollte, kam ich ins Schwitzen. Sie lachte mich aus, ich versuchte, sie nicht zu hassen, ich drehte und wendete das Ding, bis ich verstanden hatte, wo vorne und hinten war. Machte die Windel zu, ich hatte zu eng gewickelt, allerdings kam ich von selbst auf den Fehler, hatte diesbezüglich schon mal bei dem Baby einer Freundin versagt. Einfach noch mal öffnen, Charlotte, einen Finger zwischen Windel und Babybauch stecken, in der Hoffnung, dass er nicht zu kalt war, während er die ach so weiche warme Haut Emils berührte – und noch mal schließen. Geschafft.

»Lotte.«

»Ja?«

»Du bist doch heute Morgen wieder im Home-Office gewesen, oder?« »Genau.«

»Und, wie oft kannst du das so machen? Das anmelden?«

»Kommt drauf an, ob meine Chefs grade in der Stadt, ob Meetings geplant sind …«

»Aber du bist ja schon – meistens – im Büro.«

»Ganz genau.«

»Aber was ich nicht verstehe, also, kannst du auch mal nur nachmittags Home-Office machen, ins Büro gehen und dann früher weg?«

Gleich würde mein Geduldsfaden reißen. Worauf wollte sie hinaus? Gelangweilt sah Emil uns an. Ich hatte begonnen, ihm den Strampler überzuziehen. »Im regulären Assistenzbetrieb kann ich auch – mal – früher aus dem Office, einfach eher Feierabend machen, aber – Mann, Martha, du machst das immer.«

»Was?«

»Sag doch einfach, was du von mir willst. Statt so komisch rumzudrucksen!« Sie gab sich Mühe, nicht zu schmollen. Rückte dann endlich mit der Sprache raus.

»Ich wollte Ronja morgen auf einen Kaffee treffen.«

»Ronja?«

»Die mit der Band. Es ist immer so anstrengend, mit Emil zusammen jemanden zu treffen. Sich in Ruhe zu unterhalten.«

»Trefft euch doch morgens.«

»Da kann sie nicht.« War doch Künstlerin, die Ronja, wenn sie morgen vormittags nicht konnte, konnte sie bestimmt übermorgen. Viel zu viel Lärm um nichts. Ich riss mich zusammen, nahm mir fest vor, nett zu sein.

»Ich kann mal in den Kalender sehen, aber für dich steht sowieso gerade Wichtigeres an. Denke ich.« Sie schickte viele Fragezeichen durch die Luft.

»Hoffe, du hast morgen früh noch keinen Kaffeeklatsch-Termin?«

»Das ist kein Kaffeeklatsch, sie will, dass ich in ihre Band –«, empörte sich Martha.

»Alles klar, okay. Sorry. Jedenfalls kannst du dich für einen Job vorstellen.« Sie schmollte weiter und nickte.

»Ich hab mal mit unserer Office Managerin gesprochen. Wir suchen für die nächste Zeit jemanden am Empfang. Ich dachte, das könnte was für dich sein.«

Meine Schwester schluckte demonstrativ. Wie so eine Schauspielerin, die Überforderung spielen soll. War mir schon klar gewesen, dass sie bei diesem Angebot keine Luftsprünge machen würde, aber mit einer etwas freudigeren Reaktion hatte ich doch gerechnet.

»Wie stellst du dir das vor? Ich in der gleichen Firma wie du?«

»Ich stelle mir gar nichts vor. Ich versuche nur etwas Pragmatismus in dein Leben zu bringen, und wollte dir deshalb zu einem Job verhelfen.«

»Danke, aber –« Dieser Dialog wurde unerträglich. Emil grinste mich an, wenigstens einer von uns, der gute Laune hatte, ich nahm ihn auf den Arm und lallte lustiges Zeug.

»Es geht darum, dass du für die Kollegin am Empfang einspringst. Immer mal morgens. Drei Tage die Woche. Bisschen telefonieren, Dokumente scannen. Man muss für den Job keine Leuchte sein.«

»Was ist, wenn ich eine Leuchte bin?!?!?«

Sie war wirklich in der Pubertät stecken geblieben.

»Martha. Willst du Geld verdienen oder nicht? Zieh dir morgen was Hübsches an und nimm diesen blöden halbstündigen Termin mit meiner Kollegin wahr. Du kannst danach ja immer noch sagen: Da hab ich keinen Bock drauf.« Sie murmelte tatsächlich ein »Okay, okay«. Ich schnupperte an Emils Nacken, diese Stelle schien noch weicher als alle anderen Hautpartien, ach, es war schön, Tante zu sein. Martha entriss ihn mir.

»Danke, dass du mir den Termin arrangiert hast. Ich leg ihn schlafen, ist wieder viel zu spät.« Sie stand schon in der Tür, da packte sie noch mal der Zweifel: »Ich pass doch überhaupt nicht in so ein Büro, Lotte.« Wollte mich weichkochen, mein Schwesterherz.

»Mach dir mal keinen Kopf. Das Ambiente da ist bisschen förmlich, aber du packst das schon. Zieh eine Bluse an. Eine, die du vielleicht sogar gebügelt hast vorher. Dann wird alles gut!«

Am nächsten Tag wurde Marthas Vorstellungsgespräch leider früher als früh von unserer Office Leitung angesetzt, und ich hatte die Ehre, Emil in die Kita zu bringen. Ich packte alles zusammen, um ihn und mich für die kommenden acht Stunden zu rüsten, im Grunde war der Task überschaubar, weil seine Mama schon Zeug bereitgestellt hatte, dennoch verzettelte ich mich mit Kleinkram und wurde schnell vom Gefühl überrumpelt, nicht rechtzeitig aus dem Haus zu kommen. Emil starrte mich an, er bewegte sich nicht vom Fleck, was für den Moment gut war, hatte aber bedauerlicherweise schlechte Laune. Was wollte er? Diesen Laut hatte ich noch nie gehört. Sollte ich ihn auf den Arm nehmen? An der Windel riechen? Oder einfach schnell zur Tür raus, in der Hoffnung, dass er auf andere Gedanken kommen würde? Martha anrufen? Wäre doch, solange er nicht richtig Terror machte, total übertrieben. Ich ging in die Hocke, nickte ihm freundlich zu, lallte ein paar Töne, die vielleicht Ähnlichkeit hatten mit den Bluesnummern, die er von seiner Mutter immer vorgetragen bekam. Es gefiel ihm so mittel, war seltsam drauf heute, der Kleine. Heulte nicht richtig, aber irgendwas schien ihn zu stören, und es machte mich wahnsinnig, dass ich nicht benennen konnte, was es war. Jetzt klingelte auch noch mein Telefon. Es war acht Uhr dreißig, verdammt noch mal. War wahrscheinlich Martha. Es war nicht Martha. Es war unsere Empfangssekretärin, Sabine, die mir nicht unsympathisch war, wenn sie vor mir stand – sie trug immer wunderbar einfallsreich geschnittene Pullover in den irrsten Farben –, deren Stimme ich aber schwer ertrug. So weich und unterwürfig, zugleich angestrengt, so herausgepresst, selten hatte man das Gefühl, dass sie die Dinge mal einfach laufen lassen konnte. An diesem Morgen klang sie noch einen Ticken gestresster. Es war noch vor neun, verfluchte Scheiße, was war das für ein Ort, mein Arbeitsplatz.

»Was? Nein.«

Sie hatte sie nicht mehr alle.

»Ich kann jetzt keinen Call aufsetzen. Ich hab doch gesagt, ich komm heute später rein.« Meine Kollegin hatte was für ihren Chef durcheinandergebracht, vergessen, falsch eingetragen – aus Sabines Gebrabbel wurde man nur bedingt schlau –, und ich durfte es ausbaden. Emil setzte sich in Bewegung, krabbelte in die vollkommen falsche Richtung, wir wollten, sollten doch los, jetzt bald, bälder, der Stress in Sabines Stimme wurde schnell zu meinem Stress. Ich versuchte sie zu beruhigen.

»Kein Grund zur Panik. Frag bitte Anna. Ja, die macht das.« Aber, aber, bla, bla, bla zitterte die Stimme am anderen Ende der Leitung.

»Dann wird er eben fünf Minuten später dazu geschaltet. Davon geht die Welt auch nicht unter. Genau. Bis dann.« Ich legte auf, schnappte mir Emil, sah bewusst nicht auf die Uhr, das würde nur noch mehr innere Unruhe auslösen. Es war doch alles gepackt! Raus jetzt. Eine Sache noch. War wichtig. Mein Seidenschal – es war schon wärmer geworden, aber noch nicht richtig Frühling. Gestern Nacht hatte es geregnet. Kaum hatte ich die Tür hinter mir zugezogen, schoss der nächste Alarm durch meine Gehirnwindungen. Was Wichtigeres als der Schal. Ging hier nicht nur um mich. Schlüssel raus, wieder aufsperren, rein, ein Glück, dass ich gleich wusste, wo das Ding war: Emils Milchfläschchen. Neben der Mikrowelle. Das war sauwichtig! Ich küsste Emil auf die Wange, freute mich wie ein Kind darüber, dass er lächelte und sein Wimmern aufgehört hatte. Und jetzt ab, raus ins Getümmel! Der Weg durch den Park erschien mir kürzer als der, der am Karstadt-Gebäude vorbeiführte, wir durchquerten die Grünflächen, ich hatte Emil auf den Rücken geschnallt, mit Sicherheit konnte ich nicht sagen, ob er glücklich war da hinten, aber doch, dachte ich – auch nicht allzu schlecht gelaunt. Mein Telefon meldete eine SMS, ich fluchte leise, wenn das wieder Sabine war – beziehungsweise eine andere Kollegin, vom Empfang schrieb ja keiner Nachrichten –, würde ich durchdrehen! Es war aber Martha. Die zu meiner Verwunderung gar nicht nach ihrem Söhnchen fragte. Meldete stattdessen akute Nervosität. Panikattacken auf der Bürotoilette, mit dem Vermerk, dass das Klo nicht so schick sei wie der Rest des Gebäudes und was da wohl schiefgelaufen sei. Haha, ich hatte keine Zeit für solche Witze, Emil war so still. Fast zu still, so ruhig, dass es vielleicht was Schlechtes hieß. Schnell tippte ich ein schlichtes »Viel Glück!«, verrenkte meinen Nacken um nahezu hundertachtzig Grad und kam dem Problem tatsächlich auf die Spur. Emil, der Gute, beschwerte sich nicht, aber wie er da so in der Tragevorrichtung hing – das war nicht schön. Das war mir auf die Schnelle, als wir etwas übereilt aufgebrochen waren, nicht gut gelungen. Mann, war das alles anstrengend, so ganz alleine mit allem. Als ich einem alten Herrn begegnete, atmete ich auf wie ein Mensch, der nach langer Durststrecke auf Wasser in der Steppe trifft. Und zögerte nicht lange, ihn anzusprechen. Ob er mir helfen könne, nur ganz kurz. »Aber gern«, sagte er und sah mich erwartungsvoll an. Wobei nun helfen. Nun ja, es war nicht so einfach zu erklären, wenn man nicht täglich mit Tragetüchern in Berührung kam.

»Es geht um diese, ich weiß gar nicht wie die heißen, aber sehen Sie, da gibt's diese Gummibänder. Und die müssen, so hier –« Na komm schon, Opa, irgendwann verstehst du es auch ohne Worte, oder? Ich schwitzte arg, Emil hinten und diese Umhängetasche und mein Laptop-Case – das alles war zu viel für mich. »Die müssen hier einrasten, damit das Köpfchen Halt kriegt. So, ja, genau!« Es machte Klick, dem Herrn gebührte mein ehrlichstes Lächeln, ich wünschte ihm einen schönen Tag und freute mich jetzt schon auf die Zeit, wenn man das Kind nicht mehr würde tragen müssen.

MARTHA

Er lallte vor sich hin. Seine Augen waren geschlossen. Ich strich über Emils Haare. Waren die schnell gewachsen. Würden das Locken werden? Ich sah mich im Dämmerlicht um. Unser Zimmer war schon sehr klein, aber doch gemütlich. Die Vorhänge mit den bestickten Rändern liebte ich besonders. Das war eigentlich nicht so Lottes Stil, etwas altbacken, um ehrlich zu sein – aber manchmal stand sie gerade auf solche Dinge. Dinge, die aus dem Raster fielen. Nun gut. Beweg deinen Hintern, Martha. Der Tag war lang gewesen, es war herrlich angenehm mit Emil hier im Bett zu liegen, aber es war erst halb acht! Ich war super in der Zeit heute. Schon als ich nach Hause gekommen war, hatte ich etwas, womit ich mich selbst beschenkt hatte – das in meinen Augen schönste Utensil dieses Frühlings –, aufgestellt. Ein E-Piano. Es war zwar Secondhand, doch in gutem Zustand. Alle Tasten funktionierten. Ich hatte einen Plan. Von nun an war mein gnadenlos ehrgeiziges Vorhaben, jeden Tag neben dem Geldverdienen und nach dem Kindbetreuen – wenn der Tag vorbei, aber eben nur fast vorbei war – zu üben, was das Zeug hielt. Alte und neue Nummern einzustudieren. Ich hatte bereits mit meiner Lieblingsprofessorin gemailt, die mir Tipps in Sachen Selbstdisziplin und YouTube-Videos mit Dozenten-Footage geschickt hatte. Selbstverständlich hatte sie betont, dass all das wohl kaum professionellen Unterricht, das analoge Gehör eines Gegenübers ersetzen könne, aber vielleicht würde es zur Überbrückung doch helfen – bis ich mir was angespart hatte, um einen Dozenten von der Hanns-Eisler zu bezahlen. Einen, den sie mir ans Herz gelegt hatte, den sie noch von »damals, ach ist das lange her« kannte, auf den sie schwor und der neben seiner Lehrtätigkeit Privatstunden gab. Heute Abend wollte ich eine Nummer einstudieren, die ich aus den zuletzt in Weimar belegten Kursen kannte, die Noten lagen aufgeklappt am Piano. Ich setzte die Kopfhörer auf, wollte schließlich niemanden im Haus nerven damit. Halt Stopp, da war noch was. Ich würde nicht weiterkommen, bevor ich mir nicht Lucia Cadotschs Interpretation des Ganzen zu Gemüte geführt hatte. Selbst wenn ich wusste, dass die Suche nach dem Klang immer aus dem eigenen Inneren kommen und nicht durch Imitation entstehen sollte, wie mich ein älterer und ach so weiser Dozent in meinen ersten Unterrichtsstunden zu Beginn meines Studiums in Weimar gelehrt hatte. Ich schnappte mir das Telefon, auf YouTube war wie immer Verlass, ich hörte rein, summte ab dem Refrain mit, wurde wohl, ohne es zu merken, lauter, bis sich – verdammt, war ich selbst schuld, weil unachtsam gewesen, oder war es einfach sein Unwille, ein verfluchtes, einziges Mal sofort einzuschlafen? – von nebenan Emil meldete. Ein Gewimmer und Geseufze füllte den Raum. Er war mein Ein und Alles, solche Momente aber stellten meine bedingungslose Liebe zu ihm auf die Probe. Ich drehte das Metronom ab. Vielleicht würde er gleich verstummen, oft schlief er schnell wieder ein, war im Stande, sich selbst zu beruhigen. Ich beschloss, gnadenlos egoistisch und obendrauf ignorant zu sein, stieg mit der Melodie später im Song ein, an der Stelle, die ich besonders gut spielen konnte, scheiß aufs Metronom! Ich spielte, hatte das Klavier so laut aufgedreht, wie es nur ging, Hauptsache, alles ausblenden und den Song verstehen, meine Stimme summte, so leise sie konnte, um ihn nicht zu wecken. Charlottes Schlafzimmertür ging auf, entgeistert sah sie mich an, zeigte auf die Tür. Ich tat verwundert und setzte langsam und verträumt, wie jemand, der aus einer wichtigen Sache gerissen, nein, brutal rauskatapultiert worden war, die Kopfhörer ab. Emil schrie tatsächlich, es war schwer zu überhören, er schrie wie am Spieß und war weit davon entfernt, wieder einzuschlafen. Ich stöhnte, so laut ich konnte, ich wollte auch mal gehört werden, jammern dürfen, war froh darüber, dass Charlotte ausnahmsweise ihre Klappe hielt, während sie den vorwurfsvollen Blick aufrechterhielt, und stürmte zu Emil.

CHARLOTTE

Am Abend sahen wir uns am Wickeltisch wieder, Martha und ich. Sie schien genervt, ich fragte, warum, sie sagte, sie hätte einfach nie Zeit für sich, sie habe einmal in Ruhe diesen Song einstudieren wollen, aber Ruhe habe man eben nie, nie, niemals, wenn man Mutter sei.

»Ich verstehe, was du sagen willst, auch wenn du nur einmal nie sagst«, sagte ich und schmunzelte. Wir schwiegen eine Weile. Wie der Workshop heute gewesen sei, fragte meine Schwester. Im Grunde gut, dachte ich. War seit Langem wieder mal ein Tag gewesen, den ich nicht nonstop im Bürostuhl verbracht hatte. Ich kicherte:

»Wir mussten einen Song nennen, den wir mit unserer Firma assoziieren. Außer ›Money Money‹ von Abba ist mir nix eingefallen.« Martha lachte nur halbherzig mit – sie hatte eben noch zu wenig Ahnung von diesem Ort. Am Empfang bekam man nur die Kollateralschäden der diffusen Kommunikationsstrategien und selbstverursachten Koordinationsstörungen dieser Firma ab. Unsere Office Managerin wollte sie tatsächlich einstellen. Am Rande, genauer im Flur auf dem Weg zur Toilette, hatte sie mir erklärt, dass meine kleine Schwester – »wirklich süß ist die« – doch aus ganz anderem Holz als ich geschnitzt zu sein schien. »So ... unbedarft. Also locker gefällt mir ja, aber. Wie soll ich sagen, während des Interviews hat sie sich einfach ein Bonbon genommen und mit dem Bonbonpapier gespielt.« Förmliches Ambiente eben – auch wenn wir uns alle duzten in der Firma –, ich hatte sie gewarnt, aber sie ließ sich ihre Natürlichkeit einfach nicht nehmen, meine Martha. So oder so hatte sie noch nie im Leben zwölf Euro fünfzig die Stunde verdient – beziehungsweise doch – mit dem ein oder anderen Auftritt in und auch vor Weimar vielleicht. Jetzt gab es Emil, den es zu füttern galt und der so unschuldig und zart vor uns lag, die Arschbacken voller Kot, Martha wischte und wischte, ich durfte die Windel unter den Hintern packen und mit dem Feuchttuch noch ein wenig polishen.

»Aaaachtung, kalte Hände.«

Ein Spruch, den ich nur von Krankenschwestern kannte, und jetzt war ich selbst zu so einer Fürsorglichen, Vorsichtigen geworden. War ein empfindliches

Wesen, so ein Baby. Ich prüfte noch einmal die Laschen der Windel, welche für vorne, welche für hinten war, alles klar, ich hatte den Dreh längst raus, störte mich dennoch nicht daran, dass Martha meinen Handgriffen mit Blicken folgte und sie prüfte. Aufmunternd nickte, wenn ich alles richtig gemacht hatte. Windel schließen und schnell zum Strampler gegriffen, bevor mein Neffe erfror. Ich hielt ihn hoch und freute mich darüber, dass er sich freute, während seine Mama aus tiefster Seele gähnte.

»Magst du ihm auch die Zähne putzen?« Na, aber sicher wollte ich das. Sie küsste mich auf die Wange und verließ das Badezimmer. Sie wollte schnell noch diese Ronja anrufen, bevor Emil während der Einschlafprozedur wieder auf sie angewiesen sein würde. Vier Minuten später war sie wieder da. »Menschen zurückrufen, das schafft man auch nur alle paar Wochen«, sagte sie. Emil hatte geweint, seit sie ihm den Rücken zugekehrt hatte, seine Wangen waren schon aufgeweicht von all den Tränen. Mein zärtliches Lallen, Hochheben, sanftes Schaukeln hatte ziemlich genau gar nichts gebracht. Ich übergab ihn seiner Mutter und schlurfte in mein Schlafzimmer, in dem achtzehn unbeantwortete E-Mails auf mich warteten. Ich begutachtete in Ruhe die Fotos, die den großen Spaß dokumentierten, den mein Chef auf einem Gin-Tasting-Abend hatte, und machte mich an die Bearbeitung der Restpost.

Endlich hatte ich es hinbekommen, mich mit Ronja zu verabreden. Sie kam eine Viertelstunde zu spät, aber sie kam. Ich glaube, sie freute sich, mich zu sehen. Überschwänglich küsste sie mich auf beide Wangen, fiel mir um den Hals, sah aus wie früher, aber roch irgendwie anders. Wenn ich mich richtig erinnerte, würde sie dieses Jahr dreißig werden, warum trug sie so ein schweres Parfüm?

»Sorryyyy. Ging gestern noch was länger und – aaah, wo ist denn dein Kleiner?« Die Kinderfrage gleich als Erstes, kannte ich schon ...

»Der ist in der Kita. Hab ihn grade weggebracht.« Weil sie so enttäuscht aussah, erklärte ich weiter: »Gibt Kindzeit und kindfreie Zeit.« Endlich fand sie ihre Sprache wieder.

»Oh Mann, ich hätte ihn so gern gesehen.«

»Ich schick dir *kein* Foto«, scherzte ich. Sie lachte. Sie schien ein bisschen durch den Wind zu sein, wohl wegen gestern Abend noch, sie roch zwar nicht nach Alkohol, aber schien etwas verwirrt, zerstreut.

»Hab ich jetzt überhaupt alles mit?« Sie zog ihre Jacke aus, prüfte den Inhalt ihrer Handtasche dreimal hintereinander. Wir bestellten beide einen Cappuccino, schwiegen uns kurz an, bis Ronja weitersprach.

»Also, ja, genau. Wir waren gestern im La Ronde – ein totales Loch, aber es gab die halbe Nacht Getränke umsonst, und –, ach egal. Willst du jetzt echt hierherziehen?« Sie hatte wirklich wenig begriffen seit unserem letzten Telefonat. Ich blieb ruhig. Und nett.

»Na klar. Ich wohn schon hier. Deswegen auch die Kita und so.«

»Hm, hat was. Also ich mach viel so kleine Sachen, auch in Wien. Und München. Aber meine Bands regel ich fast alle aus Berlin.«

Ich wollte wissen, ob sie noch mit diesen skandinavischen Jungs zusammenarbeitete, die Konstellation hatte ich immer gut gefunden, eine tolle Band.

»The Funerals, meinst du? Ja, die sind der Hammer. Waren bis letzte Woche auf Tour. Aber nächste Woche stehen für mich paar Solo-Sachen in der Schweiz an.« Mann, war die viel unterwegs. Die Art von Karriere würde ich niemals hinkriegen. Jedenfalls nicht vor Emils achtzehntem Geburtstag.

»Wow, klingt super«, sagte ich, obwohl sie auch ohne mein Lob sehr von sich überzeugt zu sein schien. Konnte mir meine überschwänglichen Kommentare einfach nie verkneifen.

»Ja, volles Programm. Glaube, nächstes Jahr muss ich gar nicht mehr unterrichten.« Die hatte Probleme, echt. Der Kellner stellte die Cappuccini ab, wir zuckerten und schlürften, endlich lächelte sie mal, das entspannte mich etwas. »Und du. Sorry. Immer dieses ›Und, du?‹. Ich meine: Was kann ich für dich tun?« Gute Frage. Rück einfach mit dem Anliegen raus, Martha, du bist jetzt eine erwachsene Frau.

»Eigentlich wollte ich nur wissen, wann du immer mit dieser anderen Band probst. Also in der Berliner Konstellation.« Und wenn du schon dabei bist, schalt doch gleich in den vierten Gang, reiß dein Maul auf, rück mit der ganzen Frage raus. »Und – ob ich vielleicht als Background-Sängerin –« Ronja sah auf ihr Handy. Es blinkte und blinkte.

»Ja, also. Wir proben drei Tage für ein Festival nächste Woche. Komm gern dazu.« Was meinte sie denn mit »Komm gern dazu«. Konnte ich jetzt mit ihnen proben oder nicht? Für einen Moment schien sie darüber nachzudenken, was genau sie mir überhaupt vorschlagen sollte und was nicht.

»Hey. Das wird super. Das passt sicher. Aber, also, kannst du auch abends mal? Wir proben einen Tag die Woche um drei, aber sonst immer abends.« Ihr blödes Telefon blinkte schon wieder, dieses Mal klingelte es auch.

»Sorry, ich muss da ran.« Klar. War bestimmt wichtig. Ich löffelte den Schaum aus der Tasse, der sich am Keramikboden abgelegt hatte. Sah auf die kleinen Zuckerkristalle, auf dem Schaum, der noch nicht von mir verschlungen worden war. Ich starrte Löcher in Ronjas blasses Gesicht. Ihre Haut war wirklich erschreckend weiß, aber doch schön anzusehen. Sie war violett geschminkt. Vielleicht sah sie auch nur blass aus, weil ihre Augen so stark umrandet waren. Ich sah auf die Uhr und wusste, gleich würde es wieder vorbei sein mit dem Kaffeeklatsch. Hauptsächlich, weil sie zu spät gekommen war. Die Kita hatte so lange auf, wie sie aufhatte. Wenigstens hatten wir mal geredet. Von Angesicht zu Angesicht. Und – sie schien bei der Vorstellung nicht abgeneigt, mich in den ehrwürdigen Kreis der Menschen, die mit ihr probten, aufzunehmen.

Als ich nach Hause kam, fand ich Martha auf der Couch vor. Mit Emil auf dem Schoß. Sie sahen sich ein Buch an. Er schien gut gelaunt, zeigte auf die bunten Bildchen. Diese Pumps waren wirklich das Letzte, morgen würde ich wieder auf Casual Look untenrum und Schickimicki obenrum umsteigen. Seit zwei Jahren war der Dresscode in der Firma arg gelockert worden, aber heute war High Class Pretend Day gewesen. Meine Knöchel schmerzten wie Sau, umso höher hüpfte mein Herz, als meine Fußsohlen den Parkettboden berührten.

»Huhu«, rief Martha. »Hattet ihr Happy Hour?«

»Neein, hohen Kundenbesuch.« Ich schleppte mich zum Tresen, wo ich meinen Laptop heute Morgen sich selbst überlassen hatte. Jetzt war die Tippabstinenz vorbei, Robert hatte mir sechs E-Mails geschickt, die unbedingt noch vor Mitternacht bearbeitet werden mussten, wie er mir vorhin beim Sektschlürfen und Sushi-Mampfen im Office zugerufen hatte. Als ich ihn aufklappen wollte, schien etwas – doch – sehr – anders. Ein USB-Kabel, ein seltsames Teil, das doch keiner mehr benutzte im Wireless-Zeitalter und mir deshalb schon dubios vorkam, wie es da so hing, war an meinem Laptop angeschlossen. Das war Martha gewesen, wer sonst. »Das hing da heute früh aber noch nicht dran.« Sie ignorierte mich gnadenlos und alberte mit Emil herum.

»Das ist ein Haifisch. Ssscharfe Zähne hat der.«

»Martha, hast du das Kabel da rangehängt?« Jetzt tat sie ganz unschuldig. »Ach so, wollte mir ein wenig Musik auf meinen iPod ziehen. Diese Playlist, von der du mir neulich erzählt hast. Kam dann aber gar nicht dazu, weil –« Sie hatte sie echt nicht mehr alle.

»Also. Wenn du dir überhaupt was davon rüberziehen kannst, dann von meinem privaten Laptop. Und auch da gerne, nachdem du mich gefragt hast und nicht vorher!« Langsam, aber sicher ratterte mir, wie egoistisch, unüberlegt, einfach bescheuert sie gehandelt hatte. Es war mein Firmenlaptop! Mit lauter Scans von Expenses, Kreditkartendaten von Chefs und was weiß ich noch was drauf.

»Du bist echt –« Ich musste mich zusammenreißen, um sie nicht zu beschimpfen. Komm, Lotte. Es ist spät, du hattest einen anstrengenden Tag. Sie ist deine Schwester.

»Das ist so respektlos von dir.«

»Was denn, dass ich mir ein bisschen Musik rüberziehe von meiner Schwester?« Super Argument. Als wären wir Zwillingsbabys, die das Recht hatten von dem gleichen Paar Brüsten zu trinken.

»Du hättest fragen sollen.« Sie schwieg und schmollte rum.

»Uuuh, darf ich keine Nacktfotos von dir ansehen?«

»Du bist so blöd.« Ich wusste, sie versuchte es jetzt auf die »Gott-bist-du-verklemmt-Tour«. Auch Emil schien die Spannungen im Raum zu spüren, er schleuderte das Buch auf den Boden und lallte etwas, das laut und deutlich an seine Mutter adressiert war. Die war jetzt voll in Fahrt.

»Was denkst du denn von mir. Dass ich dich ausspioniere? Ich wollte mir nur ein wenig Musik rüberziehen.« Es ging ums Prinzip.

»Rechner sind privat, da geht es ums Prinzip.«

»Du übertreibst immer so.«

»Du fährst über alles und jeden drüber.« Okay, das stimmte nur halb beziehungsweise machte ich das auch oft, aber auf die Schnelle war mir nichts anderes eingefallen.

»Du sagst immer, ich sei die Mimose, aber du – drehst wegen jeder Lappalie durch«, entgegnete Martha. Ich hatte keine Nerven, darauf einzugehen, und fing an, mir ein Käsebrot zu schmieren. Scheiß auf die E-Mails. Das würde ich nachts erledigen, wenn ich wieder klarer im Kopf war. Mit leiser Stimme kam sie näher. »Du hast recht. Ich hätte vielleicht fragen können. Aber –« Das hätte sie auf jeden Fall.

»Das ist auch eine Frage von guter Erziehung!« Okay. Jetzt war ich ihr ein wenig über den Mund gefahren. Sie zuckte.

»Hab ich nie genossen. Im Gegensatz zu meiner ›Superschwester‹«. Martha nahm Emil auf den Arm und verschwand mit ihm in ihrem Schlafzimmer. Selbstverständlich nicht, ohne die Tür zuzuknallen. Da stand ich nun wieder. Alleine mit meinem Laptop. Und dem Käsebrot. Es klingelte an der Haustür. Was war das jetzt wieder. Martha steckte den Kopf aus ihrem Zimmer. Setzte einen Hundeblick auf. Ich hatte keine Lust, sie auch nur anzusehen.

»Kommt Christoph heute?«, fragte sie.

»Der ist in Amsterdam für so ein Panel.« Es klingelte noch einmal. Sie legte Emil auf der Couch ab, öffnete die Tür und schwieg eine gefühlt halbe Ewigkeit lang. Ich konnte Niklas' Stimme hören. Dass der den Mumm hatte, hier aufzukreuzen! Unfassbar. Ich riss mich zusammen. Befahl mir stumm, mich nicht einzumischen. Aber sollte er auch nur einen Fuß über die Schwelle setzen wollen, konnte ich für nichts garantieren.

»Hallo«, sagte Martha schließlich. Mit sehr leiser Stimme. Trockener Kehle. Sie räusperte sich.

»Ich bin gestern aus der Entzugsklinik entlassen worden«, sagte Niklas. Martha schwieg. Gut so! Lass dich jetzt bloß nicht weichklopfen, Schwesterherz, durch eine – Behauptung.

»Kann ich reinkommen?«, sagte er. Natürlich nicht! Wehe.

»Ist grade schlecht«, sagte Martha. Endlich mal vernünftig gehandelt. Ich war richtig stolz auf sie. Ich konnte sehen, wie sie versuchte, zu lächeln, und danach mit entschlossener Geste die Tür schloss. Ich musste an diese Filme denken, in denen verzweifelte Liebhaber durch den Regen waten mussten, nachdem ihnen vor irgendeiner Wohnungstür oder – ganz klassisch – vom Balkon aus eine Abfuhr erteilt worden war. Schade, dass es heute nicht regnete. Niklas, dieser Bastard, hatte Glück gehabt.

VIERTES KAPITEL

CHARLOTTE

Ich hatte Christoph zwei Wochen nicht gesehen. Er war seine Mutter besuchen gewesen, viel Arbeit bei mir, viel Arbeit bei ihm. Er brachte meine Lieblingsschokolade mit, wir beschlossen, keinen Wein zu trinken, und schliefen miteinander, bevor wir groß zum Reden kamen. Ich drehte laut Musik auf – irgendeine Pop-Playlist, in die sich sogar Neunziger-Jahre-Songs verirrt hatten –, damit Martha nicht hörte, was wir taten. Ich war nicht sehr laut beim Sex, aber ich hatte so lange keine Mitbewohnerin mehr gehabt, es fiel mir schwer, einzuschätzen, was man hörte und was nicht. Christoph war nicht besonders einfallsreich heute, leckte mich kurz, es war alles so technisch, ich hasste es, wenn er so war. Ich wusste, er konnte auch anders, aber irgendwie – waren wir auch selten wirklich beieinander gewesen in letzter Zeit. Diese Gedanken erwischten mich eiskalt, während ich an die Decke starrte. Er wollte mich dann von hinten sehen, ich ließ ihn ausführen, ich war erregt, aber auch schlimm gelangweilt. Als er fertig war, griffen wir beide zu unseren Handys. Robert hatte schon wieder eine E-Mail geschrieben wegen seines Termins am nächsten Tag. Christoph fragte, ob es okay sei, wenn er die Musik ausmachte, es war vollkommen okay. Er scrollte und scrollte, legte es dann weg, starrte mich an, er machte mich unruhig. Aus dem Wohnzimmer hörte ich Martha mit Geschirr klappern, dann war Emil ja wirklich früh eingeschlafen. Ich war unschlüssig, ob ich die E-Mail gleich oder später beantworten sollte, Christophs Stieren machte diese Entscheidung nicht leichter, sah er jetzt auf meine Brüste? Wollte er noch mal Sex? Ich nicht. Ich legte mein Handy weg, und er fing an zu reden.

»Ich verstehe übrigens nicht, warum du sie nicht rauswirfst.« Wen meinte er, Martha? »Ich dachte, sie ist nur zu Besuch hier«, näselte er weiter. Ich griff wieder zum Handy.

»Ich rede mit dir«, sagte Christoph, und als er sah, dass mich das kaltließ, nahm er mir das Ding weg. Was für ein Kindergarten.

»Die bleibt jetzt ein bisschen länger«, sagte ich und riss ihm das Handy aus der Hand.

»Ich will Geld verdienen, ich will Jazzsängerin werden. Sie will irgendwie ganz schön viel.« Konnte er nicht einfach die Klappe halten?

»Du bist ihr zweites Standbein«, setzte er nach. Jetzt reichte es aber. Ich fing an, die E-Mail an meinen Chef zu tippen.

»Das Baby ist auch anstrengend.« Wollte er rausgeschmissen werden? Ich war in einer fragilen Verfassung. Ich kochte vor Wut, und zugleich hielt mich etwas davon ab, sie rauszulassen. Ich fühlte mich seltsam paralysiert. Und dann setzte die Trauer ein. Seit wann war Christoph so gehässig. Ich kannte diesen Tonfall, wenn er über einen bestimmten Kollegen sprach, aber – sie war meine Schwester! Schlagartig dachte ich: Vielleicht hab ich mich verhört. Mein Freund war – richtig fies. Dann geschah etwas, das schon eine ganze Weile nicht geschehen war. Mir kamen die Tränen. Ich legte das Handy weg. Christoph fing an, sich anzuziehen. »Hab ich jetzt was Falsches gesagt.« Idiot, ich brauchte sein Mitleid nicht. Wut und Trauer gaben sich die Hand. Die Tränen flossen. Schnell wischte ich mir über die Wange.

»Ah, wahrscheinlich findest du es süß. Babys sind ja immer so süß.« Stille. »Wahrscheinlich willst du auch eins.« Ich war mit einem Arschloch zusammen. Ohne ihn anzusehen, sagte ich:

»Wer weiß. Irgendwann mal. Du nicht?« Fertig angezogen stand er in der Tür und suchte vergeblich meinen Blick.

»Wir lernen uns doch grade erst kennen«, nuschelte er, klang zum ersten Mal weicher in der Stimme. Was für ein Arschloch. Ich beschloss, die Klappe zu halten. Wir lernten uns seit zwei Jahren kennen.

MARTHA

Er hatte nicht lockergelassen. Anrufe, SMS, Videobotschaften voller Reuebekundungen. Hatte außerdem – ohne jeglichen Kommentar – einen Link zum neuen Cast einer Daily Soap geschickt, Drehstart in vier Wochen. War zwar nur eine Nebenrolle, jedoch keine kleine, wie es schien. Ich beschloss schließlich, Niklas auf einen Kaffee zu treffen. Nicht mehr und nicht weniger. Immerhin war er Emils Erzeuger. Immerhin hatte ich irgendwann mal – doch, etwas empfunden für ihn. Außerdem musste ich noch ein paar logistische Sachen mit ihm klären, denn er hatte mir, obwohl sich sein Leben ständig nur um ihn drehte, tatsächlich ein paar Kisten mit Dingen, die ich aus Weimar brauchte, mitgebracht. Er trug einen Dreitagebart und natürlich, leider, fühlte ich mich immer noch zu ihm hingezogen. Wir trafen uns in einem kleinen schummrigen Café in Berlin Mitte. Ich rührte viel zu viel Zucker in meinen Cappuccino, er sah mich etwas mitleidvoll an und begann zu reden, da ich nach einem unterkühlten »Hallo« konsequent geschwiegen hatte.

»Ich vermisse Emil.« Ich versuchte einen Lachkrampf zu unterdrücken.

»Beim Partymachen, oder wie?«

»Ich mach keine Party mehr«, sagte Niklas. Wollte mich wohl beeindrucken, ich sagte nichts, also sprach er weiter. »Ich hab jetzt eine Wohnung. Zwei Straßen von hier. Kommt mich besuchen. Bitte.« Ich brachte nur ein stilles »Haha« raus. »Ich meine es ernst, Martha.«

»Ich kann dich nicht mehr ernst nehmen«, sagte ich.

»Da ist zu viel passiert«, sagte er. Als Zitat. So halb als Frage.

»Genau, es ist viel zu viel passiert«, entgegnete ich und versuchte, ruhig zu bleiben.

Ich hatte das Bedürfnis, etwas ganz Bedeutsames sagen zu müssen.

»Ich mach jetzt mein Ding.« Explodierte innerlich voller Stolz, als ich diesen Satz aus meinem Mund kommen hörte.

»Deswegen hängst du auch ständig mit deiner Schwester ab«, sagte Niklas. Das war die Krönung, jetzt diese Nummer zu fahren. Was hatte Lotte damit zu tun. Einatmen, ausatmen.

»Sie hilft mir einfach, bis ich eine eigene Wohnung gefunden habe«, sagte ich. Niklas war verstummt. Idiot.

»Ich muss mich überhaupt nicht rechtfertigen vor dir«, sagte ich. Er wurde ganz weich und zahm. Ich kannte diesen Ausdruck in seinem Gesicht sehr gut. »Du hast recht. Entschuldige.«

Er rückte näher.

»Bitte verzeih mir.« Brauchte jetzt nicht mit dem Telenovela-Scheiß anzukommen.

»Was verzeihen«, sagte ich. Er sah auf den Boden. Billiger Move. Einstudiert. »Was soll ich dir verzeihen? Dass du mich ständig allein gelassen hast mit deinem ach so geliebten Sohn, um saufen zu gehen? Dass du nicht nur nie am ›Familienglück‹ teilgenommen hast, sondern stattdessen Party mit irgendwelchen Bumsbekanntschaften gemacht hast?«

»Bumsbekanntschaften ...«, ächzte Niklas.

»Entschuldige meine Ausdrucksweise. Liebster. Tu ich denen jetzt unrecht.«

Schweigen. Ich war jetzt in Fahrt.

»Dein Sohn hat ständig Fieber, erstickt am eigenen Rotz, und du hast nichts Besseres zu tun, als deinen Penis in Minderjährige zu stecken! Es geht ja nicht mal um mich hier. Also wenn es jemals um mich ging.«

»Ich liebe dich«, sagte mein Mann. Zog leider nicht. Nicht mehr.

»Du weißt überhaupt nicht, was Liebe ist.« Telenovela konnte ich auch. »Dass ich mit anderen Frauen geschlafen habe, hat nichts mit uns zu tun.« Mir blieb das Lachen im Halse stecken. Ultra abgeschmackt, der Spruch. Wo hatte er nur solche Floskeln aufgeschnappt. Ich hatte nicht das Gefühl, dass mich noch irgendetwas hier hielt. Der Cappuccino hatte auch nicht geschmeckt. »Erspar mir deine zurechtgelegten Monologe. Vielleicht kannst du mal mit ihm im Park spazieren gehen. Da kann man gut Frauen nachglotzen. Mehr ist nicht drin«, sagte ich und stand auf. Niklas hielt mich am Unterarm fest, ich blickte auf mein Telefon, wie spät war es überhaupt.

»Ich trinke nicht mehr. Bin auch nicht mehr am Theater. Das war pure Fremdbestimmung, wenn ich getrunken oder gekokst habe.« Gratuliere, Niklas. Endlich was übers Leben gelernt mit deinen fünfunddreißig Jahren.

»Ich muss jetzt wirklich los.« Ich zog meinen Arm aus seinem Griff, schwang die Tasche über die Schulter. Kindischer Versuch. Mich einfach so festhalten zu wollen.

»Kommt mich besuchen. Bitte. Ich brate uns ein Rindersteak!«, heulte er rum. Hörte ich aber kaum noch, war praktisch schon auf der Straße.

Am Sonntag machten Martha und ich einen Spaziergang durch den Grunewald. Emil saß im Kinderwagen und betrachtete die Baumkronen, die an ihm vorbeizogen. Es war noch Frühling, aber ich trug ein Sommerkleid. Mein Neffe hatte die türkisblaue Schirmmütze auf dem Kopf, die ich ihm gekauft hatte. Die Sonnenstrahlen tanzten auf seiner hübschen kleinen Nase herum. Martha musste dringend auf die Toilette, zu ihrem Glück erreichten wir bald eine kleine Gaststätte, in der sie schnell verschwand. Ich hatte Angst, dass Emil ihr hinterherheulen würde, aber er war guter Dinge, grinste mich sogar an. Er saß schon eine ganze Weile im Kinderwagen, vielleicht wollte er mal raus. Ich hob ihn hoch, er protestierte nicht, ich führte ihn langsam ein paar Schritte nach vorne.

»Tipptopp, Emil«, sagte ich und musste über meine Wortwahl lachen. Das mit dem Gleichgewicht hatte er mittlerweile gut drauf. Er setzte einen Fuß vor den anderen, immer flinker, tapste, ging und – lief! Richtig schnell. Bleib mal hier, kleiner Mann. Ob das auch ohne meine Hand ging? Ich ließ sie einfach los. Grandios. Emil konnte laufen. Wie viele Schritte waren das gewesen? Zehn? Ich packte seine Hand. Ich liebte diese winzigen Finger. Jetzt bloß nicht hinfallen. Er zeigte auf die Wiese, auf einen Vogel.

»Willst du da jetzt hin? Na gut.« Er lief weiter, ultimativ zielstrebig. Wieder ließ ich seine Hand los. Es funktionierte einwandfrei.

»Bravo Emil. Suuper.« Ich war richtig stolz auf ihn. Schnappte ihn mir und drückte ihn an mich. Konnte nicht anders. Martha war zurück.

»Hey. Er hat gerade seine ersten Schritte gemacht!«, sagte ich. Meine Schwester deutete mit einer Hand, dass ich leiser sprechen sollte. Tatsächlich war mir die Lautstärke meines Jubelrufs nicht bewusst. Ich schrie eigentlich selten. Na und. Hatte ich mich eben mal gefreut. Ich übergab das Kind an seine Mutter.

»Hat er doch schon letzte Woche.«

»Ich meine ohne Hilfe.«

»Ja. Das hat er mit mir auf diesem Spielplatz neben dem Netto letzte Woche auch schon gemacht.« Na gut. Wenn sie meinte. Hatte sie gar nicht erzählt. Sie packte ihn in den Kinderwagen, und wir setzten uns alle wieder in Bewegung. Die Sonne hatte sich hinter einer Schleierwolke verzogen.

»Warum erzählst du mir so was nicht? Mir liegt viel an Emil«, ließ ich Martha wissen. Sie konterte mit dem üblichen »Sorry«. Die Enttäuschung stand mir wohl ins Gesicht geschrieben, sie setzte nach:

»Ist wohl untergegangen.« Ich erklärte ihr, dass ich manchmal auch teilhaben wolle an seiner Entwicklung. Konsterniert sah sie mich an.

»Ich dachte, du bist genervt von zu viel Babyzeug.« Ich war doch seine Tante. Ihr Telefon klingelte, sie sagte:

»Hey. Nein, wir sind draußen. Ja, total. – Um acht? – Ja, okay. Super, bis dann. – Da meld ich mich noch mal. Ja, gut. Bis später.« Bis später. Mit wem?

»Wer war das?«, fragte ich.

»Niklas.« Ich fasste es nicht. Versuchte aber, mir meine Fassungslosigkeit nicht anmerken zu lassen.

»Triffst du ihn jetzt öfter?«, fragte ich ganz sachlich.

»Ich glaube, er hat sich verändert.« Ha. Fehler Nummer eins in Liebesdingen, zu glauben, das Gegenüber könnte sich verändern. Niemand ändert sich. Zumindest nicht aus Mitgefühl. Man ändert sich in der Not, weil man Hunger hat. Oder Durst.

»Martha«, sagte ich mit weicher Stimme. Ich lächelte auch. Ich meinte das alles wirklich nicht böse. Sie war kurz davor, einzuschnappen, das erkannte ich deutlich an dieser Ader, auf ihrer rechten Wange, die zu pochen begonnen hatte.

»Hör bitte auf mit ›Martha‹. Ich bin kein kleines Kind mehr.«

Mann. Ich wollte keinen Streit.

»Der hat dir so viel Leid zugefügt«, sagte ich.

»Ich habe gesagt: ›Hör auf, mich zu bemuttern‹«, sagte Martha.

Wir liefen weiter und schwiegen uns an.

»Ich bemuttere dich nicht, ich mache mir Sorgen«, sagte ich schließlich. Martha erklärte, dass das nicht das Gleiche sei, dass sie klarkomme und beendete schließlich ihren kleinen Monolog mit den Worten: »Wir sind ja nicht wieder zusammen oder so.«

»Du wirst es bereuen«, sagte ich. Jetzt blieb sie stehen und sah mir direkt ins Gesicht.

»Lass mich bitte mein eigenes Leben führen.« Sie war schon wieder so verspannt. Nach einer kurzen

Pause, die ich für angebracht hielt, damit wir beide durchatmen konnten, wollte ich doch das ein oder andere über die Causa Niklas wissen. Zum Beispiel, ob sie sich später noch sehen würden.

»Ja«, sagte meine Schwester.

»Nimmst du Emil mit?« »Natürlich.« Ich war nicht wütend. Ich war traurig. »Ich wollte ihm heute die Haare schneiden«, sagte ich. »Das ist lieb. Musst du aber nicht.«

Wir waren stehen geblieben. Sie zupfte an Emils Hemd. Eine ausweichende Geste, weil ich sie verunsicherte. Weil sie mal wieder vor einem Konflikt flüchtete. Ich konnte es ihr nicht mal übel nehmen. Auch ich hatte einen Kloß im Hals. Dennoch musste ich sagen, was ich zu sagen hatte.

»Lass dich von ihm nicht um den Finger wickeln.«

»Ich bin kein kleines Kind mehr.«

»Aber doch sehr naiv!« Krampfhaft starrte sie auf den Boden, versuchte, ihre Wut herunterzuschlucken. Wir spazierten weiter und rissen uns am Riemen. Mit ruhiger Stimme setzte ich zu einer Anekdote an, die mir einfach wichtig erschien. Friedrich. Mit dem war sie in der elften Klasse zusammen gewesen. »Frank«, korrigierte mich Martha. »Der hat schlecht geküsst«, lachte sie. Dann halt Frank. Vielleicht erinnerte ich mich nicht genau an den Namen, darüber hinaus aber an alle Details jenes Sommers.

»Frank. Sorry. Der hat damals doch gesagt: ›Komm mit in den Urlaub, komm einfach mit. Wir haben ein Segelboot!‹«

»Ja, und?«

»›Das wird so schön‹«, zitierte ich weiter. Ich freute mich immer, wenn es mir gelang, Dinge gut nachzuerzählen.

»Das war doch voll die kurze Sache mit dem«, erwiderte Martha.

»Du warst total verliebt in den!«

»Das sagt man halt so, am Anfang.« Wie dem auch gewesen sein mochte, ich erinnerte mich an vieles. Im Detail.

»Jedenfalls hat er an dem Tag eurer geplanten Abfahrt an diesen See seine Mutter anrufen lassen. Um abzusagen.«

»Ja, und?!« Sie checkte wirklich gar nichts.

»Seine Mutter! Und du – statt ihm zu sagen, wie feige er ist, die Reifen seines Fahrrads aufzustechen oder was man sonst so macht in dem Alter, hast du den ganzen Nachmittag rumgeheult und mir erklärt: ›Nach dem Urlaub ist er sicher ein anderer. Ein bisschen Abstand wird uns guttun.‹« Ich bildete mir ein, ihre Teenager-Stimme gekonnt nachgeahmt zu haben, na gut, vielleicht hatte ich mich etwas stark ereifert in meiner Performance. Aber ich wollte ihr doch nur von Herzen verständlich machen, wie blauäugig sie damals schon gewesen war.

»Lotte. Ich war siebzehn.«

»Dein Muster ist immer das gleiche.«

»Ich hasse es, wenn du die Psychologin spielst.« Alle Wolken hatten sich verzogen, die Mittagssonne brannte grell, Emil lallte, leider schlug das Lallen schnell in Jammern um. Und wir zwei waren mal wieder in Fahrt. Die sonntägliche Harmonie war dahin.

»Es gibt wenige Menschen, die dich so gut kennen wie ich«, mahnte ich sie. Sie schob den Wagen schneller. Kindisch. Als könnte sie vor mir davonrennen. »Misch dich nicht in meine Männergeschichten ein. Bitte. Ich. Komme. Zurecht«, zischte sie.

»Du wirst es bereuen, Martha!« Ich wusste, dass ich wie die Kombination aus einer Großmutter, Lehrerin und Erzieherin klang. Aber es war mir egal. Ich liebte Martha. Was ich tat, tat ich aus Liebe. Sie blieb stehen. Sah mich an.

»Es läuft doch überhaupt nichts.« Zwischen ihren Augenbrauen hatten sich kleine Furchen gebildet. Dieses Gesicht kannte ich zu gut, ihre Bäckchen liefen rot an, man konnte die Flecken nachzeichnen wie Seen auf einer Landkarte. Gleich würde sie explodieren. Ich verstand und schwieg.

»Er ist immer noch Emils Papa«, sagte sie und sah mir tief in die Augen. Während der langen S-Bahn-Fahrt nach Hause wechselten wir keine drei Worte.

MARTHA

Zum ersten Mal sollte ich den Empfang allein schmeißen. Lichter an, Rechner an, Zeitung auslegen. Das kriegte ich noch ohne To-Do-Liste hin. Dann aber standen vier Unternehmensberater vor mir. Es war acht Uhr fünfzehn! Sie hätten einen Raum gebucht.

»Die Kollegin hat da wohl was notiert«, plapperte ich der Tussi, die mich eingearbeitet hatte, nach. Nahm mir sofort vor, das »wohl« beim nächsten Mal zu streichen. »Du musst einfach so tun, als hättest du alles im Griff.« So hatte mich Charlotte gestern Abend noch gecoacht. »Selbst wenn es mal nicht so ist. Lass dir keine Unsicherheit anmerken.« Ich war aber unsicher, verdammt noch mal. Ich suchte den Kalender raus, gestern hatte er noch neben dem Rechner gelegen, warum lag er jetzt in der Schublade – und schaffte es schließlich, die hingekritzelten Raumbuchungen der Kollegin für den heutigen Tag zu entziffern. In der Zwischenzeit waren alle Berater zur Kaffeemaschine am Meeting Point oder auf der Toilette verschwunden. Alle außer einem, der stand am Tresen und scrollte über den Screen seines Smartphones.

»Gleich wissen wir mehr«, sagte ich und versuchte, charmant zu sein. Das Telefon klingelte. Sollte ich rangehen oder erst einmal nur das eine erledigen? Eine unbekannte Nummer. Die stressten mich noch mehr als bürointerne. Bisher waren die Assistentinnen immer sehr nett gewesen, wenn ich rangegangen war und offensichtlich keinen Plan hatte. Wenn – wie gestern, als ich aber auch noch nicht allein hier sitzen musste – jemand von der Visum-Zentrale anrief, kriegte ich schon, während ich zum Hörer griff, einen trockenen Mund, und mein Herz raste. Ja und nun: unbekannte Nummer. Der Manager blickte von seinem Smartphone auf, sah auf den aufgeklappten Kalender vor mir, bemerkte mit Sicherheit meinen auf den Telefonhörer gerichteten Blick, die Anspannung darin. Es klingelte und klingelte. Er lächelte – das war wirklich nett – und sagte:

»Kein Stress mit dem Raum. Unser Call ist erst um neun.«

Alles klar, kein Stress. Ich lächelte zurück, schwitzte und ging ran. Jetzt würde er hören, wie ich irgendwas zusammenstammelte. Konnte er nicht einfach aufs Klo gehen wie die anderen. Es war nur die Hausverwaltung. Zum Glück. Keine Buchhalterin, kein Visumsantrag-Mensch. Irgendwas war mit der Glühbirne im Kreuzgang, der Kollege würde es leider erst am Nachmittag schaffen, vorbeizukommen.

»Alles klar, ach, okay.« Warum »Ach, okay«. Was war das für ein Ausdruck. Weniger ist mehr, Martha. Einfach nur das Nötigste reden und freundlich bleiben. Das innere Lächeln nicht vergessen, wie beim Singen, wenn du A-Dur anstrebst. »Die Kollegin hat hier schon was notiert.« Stimmte natürlich nicht. Es war einfach mein Standardsatz. Der Berater hatte sein Smartphone weggesteckt und wühlte in der Bonbonschüssel am Tresen, die ich auch gleich mal auffüllen musste. Bestimmt wollte er die speziellen mit Nutella gefüllten Riesen-Smarties, die wollten immer alle, das hatte ich schon mitbekommen. Gerade lagen da nur nimm2-Dinger. Freundlich bis schrill verabschiedete ich mich von der Hausverwaltungstante, streckte meinen Rücken lang und sagte dem Kollegen, er könne gleich mal in den Teamraum vier. Kam mir schlagartig ganz lässig vor. Bis wir beide die Tür zum besagten Raum öffneten und ich auf dem langen Tisch neben dem noch aufgestellten Beamer ein Stillleben aus einem Plateau von Sushi-Resten, angebrochenen Coca-Cola- sowie Mineralwasserflaschen, dreckigen Servietten, Tellern voller Sojasaucen und drei halb vollen Kaffeetassen vorfand.

»Ach, Mensch, ich räum das ganz schnell mal weg«, sagte ich kokett. Der Berater murmelte etwas von Kaffee holen und verließ den Raum. Ich hörte, wie er mit den Fingern schnipste. Das war mir letztens schon aufgefallen. Das taten hier einige, dieses Schnipsen, immer wenn sie von A nach B liefen. Wenn sie mal kein Telefon in der Hand hielten. War wohl so eine bestimmte Entspannungstechnik in ihrem Metier. Call um neun. Don't forget, Martha. Na ja, ist ja nur ein bisschen dreckiges Geschirr. Vielleicht noch durchlüften. Langsam war ich vielleicht doch im Stress.

Ab eins starrte ich unruhig auf die Uhr, weil mich die Kollegin um halb zwei ablösen sollte. Ich hatte Charlotte am Morgen durch den Flur huschen sehen. Sie war nett zu mir, blieb aber distanziert, Kolleginnen-Modus. Einmal hatte sie an der Rezeption durchgeklingelt, hatte eine Auskunft gebraucht, das hatte mich zum Lachen gebracht. Ich riss mich aber zusammen, blieb seriös und war außerordentlich froh, dass ich auf diese Weise mal entspannt telefonieren üben konnte – mit genug Speichel im Mund und vor allem ohne diese Nervosität, die in der Brust aufwärts kroch, jedes Mal, wenn das Ding losschrillte. Ein anderes Mal war meine Schwester auf dem Weg zum Drucker an mir vorbeigeschlichen, nachdem sie ihren Smalltalk mit einer Kollegin beendet hatte, und hatte um Unauffälligkeit bemüht auf meine Sandalen gezeigt.

»No open toes. Außer freitags.«

Oh Mann, wieder so eine Regel. Es waren ja keine Flipflops. Es waren meine schönsten, wenn auch schon etwas ausgeleierten Ledersandalen. Aus dem Italienurlaub vor zehn Jahren mitgebracht. Ich setzte einen reumütigen Blick auf und eilte wieder zu meinem Arbeitsplatz. Manchmal hatte ich auch Zeit bei diesem Job, muss man sagen, ja, doch. Verschnaufpausen. So ab eins auf jeden Fall, weil die meisten in die Mittagspause gerauscht waren und keine E-Mails reinkamen. Erst jetzt verließ das Team aus Raum vier das Büro. »Der macht solche Geschichten. Ganz schön spannend. Zum Beispiel IT-Sources hochziehen. Die Idee ist natürlich für uns, das nicht nur aus der Marktführungssicht zu betrachten, sondern –«, klärte ein Berater, der im Nike-Shirt zur Arbeit erschienen war, den anderen auf. Eine Unternehmensberaterin, die eine todschicke zitronengelbe Bluse anhatte, sagte: »Lass uns noch mal kritisch auf die Zeitleiste schauen. Fünfter Juli. Ist das überhaupt zu schaffen?« Dann verschluckte der Fahrstuhl alle. Wirklich still war es hier am Empfang selten. Die Assistentinnen telefonierten stets bei offener Bürotür, sodass ständig irgendein Gespräch durch den Eingangsbereich schallte. »Es ist mir unendlich – fast schon persönlich peinlich –, dass wir erneut um Aufschub bitten müssen. Es ist so, dass Herr Bergauer aufgrund eines Notfalls nach Süddeutschland reisen muss. Ja, noch heute, und deshalb – es tut mir, wie gesagt, so leid, wir haben schon versucht, alles zu schieben und zu deichseln – aber wir müssen seinen

Termin mit Herrn Dr. Stiegler nochmals verschieben.« Pause. Mann, waren die alle höflich. Diese Assistentin hatte zu alledem auch die butterweichste Stimme, mit der sie Entschuldigungen wie diese an die Frau oder den Mann brachte. »Haben Sie tausend Dank für Ihr Verständnis. Dann melde ich mich, nachdem ich mit ihm Rücksprache gehalten habe.« Das musste ich mir merken. Mein Vokabular war voll von neuen Redewendungen und Kommunikationscodes. »Rücksprache halten«. »Hören Sie«, wenn man jemanden in der Telefonschleife gehalten hatte. »Herr Sowieso ist grade zu Tisch, aber …« Bald hatte ich ein Repertoire zusammen. Blöd nur, dass ich, sobald ich raus aus der Firma war, Songs einstudieren wollte und kein Büro-Deutsch.

FÜNFTES KAPITEL

MARTHA

Es war mir nicht leichtgefallen, den Kleinen den ganzen Nachmittag über in seine Obhut zu geben. Das erste Mal nach … doch einiger Zeit. Nach der Arbeit und meinem Termin hatte ich Zeit gefunden, noch ein wenig aufzuräumen, rödelte also rum, als es endlich an der Tür klingelte. Der Abend war längst angebrochen. Ich öffnete Niklas die Tür, er hatte Emil auf dem Arm und grinste breit.

»Na, hattet ihr Spaß?« Ich gab mich entspannter, als ich war, konnte zum Glück schon aus dem Augenwinkel erkennen, dass es Emil gut ging, atmete tief durch und fühlte mich tatsächlich besser. Auf der Couch zog ich den Kleinen aus, roch an seiner Windel. Hatte noch Zeit, das Wechseln. Ach, er hatte mir richtig gefehlt. Ich fragte Niklas aus, wollte wissen, ob die Erzieherin nett zu ihm gewesen war und so weiter und so fort.

»Ich hab mit zwei von ihnen gesprochen. Die eine ist etwas speziell. Die andere fand ich sehr nett«, berichtete er.

»Du hast die Kita gleich gefunden?«

»Google Maps hat mich unterstützt.« Sein trockener Humor. Den hatte ich auch vermisst, aber das wollte ich mir nicht anmerken lassen und schmunzelte still in mich hinein. Niklas reichte mir die große Tasche, die ich ihm mitgegeben hatte. Ich kramte und kramte. Wo war der verdammte Schnuller? Unauffindbar. Dafür stieß ich auf ein Heft mit Notenblättern – gesammelte Songs. »Wir sind an diesem Laden vorbeigekommen«, flüsterte Niklas. Oh Mann. Er machte es mir nicht leicht. Ich wollte ihn ständig hassen und hatte ihn doch lieb. Ich fiel ihm um den Hals. Bedankte mich, setzte mich mit Emil und dem Geschenk auf die Couch und zeigte ihm all die schönen Noten auf dem Papier. Wir blätterten zusammen um.

Wow. Da waren auch Etta Jones-Nummern.

»Danke, danke!«, jubelte ich.

»Gerne«, sagte Niklas.

Er holte sich ein Glas Wasser und fing schließlich an, mich auszufragen. »Wie lief's mit dem Soundmenschen?« Puh. Anstrengend.

»Ihr wolltet doch telefonieren.«

»Haben so eine Songliste erstellt. Bisschen vorgeplant für die Aufnahmen. Sollten schon bald sein.«

»Ich dachte, ihr nehmt schon auf«, sagte Niklas. Klugscheißer. Meine Schwester reichte mir schon in dieser Rolle.

»Mach das jetzt mal, Martha.« Als würde ich mir selbst nicht genug Druck machen im Leben. Mit einer Geste gab ich ihm zu verstehen, dass ich knapp bei Kasse war.

»Wie viel brauchst du jetzt noch?«

»Ich hab's bald zusammen.« Wir schwiegen. Emil wurde unruhig auf meinem Schoß. Die Noten interessierten ihn nicht mehr. Er hatte bestimmt auch Hunger. Und ich war wieder todmüde. Zum Kochen zu müde, aber zum Diskutieren erst recht.

Niklas zwang mich, ihm in die Augen zu sehen. »Du brauchst das Geld für diese Aufnahmen, oder.«

Ja, was sonst. Ich wandte mich ab. Verschaffte ihm nicht die Genugtuung einer Antwort.

»Mach sie endlich. Mach diese Aufnahmen. Ich geb dir das restliche Geld. Du willst singen, Martha. Vergeude deine Zeit nicht mit unterbezahlten Schichtjobs. Mach diese Scheiß Aufnahmen. *Die* bringen dich weiter.«

Er wandte sich zum Gehen. Gab Emil einen Kuss auf die Stirn. Ein wenig hatte er mich schon beeindruckt. Weil er recht hatte. Diesen Elan, den er aufbringen konnte, wenn er wollte, hatte ich vor Hass und Wut auf ihn vergessen. »Niklas?«, sagte ich. Und bereute sofort, impulsiv zu handeln. Gleichzeitig war es zu spät. Er hatte mir gefehlt. Er war mein Mann.

»Ja?«

Ich schwieg eine Weile. Er sah mich an. Hatte die Jacke schon übergezogen. »Bleib doch noch. Ein bisschen«, flüsterte ich.

»Deine Schwester hasst mich.«

»Das stimmt nicht«, sagte ich. Es stimmte natürlich. Etwas verdutzt stand er in der Tür.

»Okay, sie ist kein Fan von dir. Aber, sie kommt heute sowieso nicht nach Hause. Glaube ich.« Niklas zog seine Jacke aus.

Den Tisch im Wohnzimmer hatten wir ausgezogen, er konnte sich in voller Länge entfalten, was, seit ich hier wohnte, vielleicht zweimal geschehen war. Es gab reichlich Rotwein, ich hatte Garnelen besorgt, außerdem Carpaccio mit Pinienkernen und Parmesan zubereitet. Martha hatte das beste Fladenbrot im Kiez gekauft. Ich trug mein schönstes Kleid, eines für festliche Anlässe, der Saum streifte fast über den Fußboden beim Gehen, es war kirschrot und stand mir ausgezeichnet. Das sagten zumindest alle, die ich eingeladen hatte. Das waren hauptsächlich Kolleginnen, Assistentinnen, ich war irgendwie nicht in der Stimmung gewesen für einen Abend mit Beratern. Zwischen Martha und mir lief es derzeit so lala. Seit der letzten kleinen Konfrontation im Park übten wir uns beide im Nettigkeitsmodus, ohne uns wirklich auszutauschen. So mimten wir auch an diesem Abend – wohlgemerkt als Duo und nach außen hin bestimmt symbiotisch wirkend – die perfekten Gastgeberinnen. Sobald direkter Kontakt notwendig war, wir uns über den Tisch hinweg Brot oder ein Getränk reichten, wir kurze Blicke austauschten, immer, wenn eine an der anderen vorbeiging, weil sie aufs Klo musste – waren wir seltsam unterkühlt. Distanziert.

Martha erzählte meiner Freundin und Kollegin Rebekka von Niklas.

»So richtig hat unsere Beziehung nie funktioniert. Er war immer busy. Am Theater. Soap gedreht.« Rebekka nickte mitleidvoll und nippte an ihrem Wein.

»Und dann – hat er mich auch noch betrogen. Also ständig. Ich wollte halt unbedingt dran glauben. An das kleine Eheglück.« Dann wollte Rebekka wissen, was alle immer wissen wollen.

»Zahlt er Unterhalt?«

»Er kündigt es immer wieder an und dann – landet irgendwie doch nichts auf meinem Konto«, erklärte meine Schwester. Eine süße Umschreibung. Tatsächlich hatte dieser Versager schon ein paarmal auf Emil aufgepasst, war ergo alleine mit ihm gewesen, trotzdem er sich, seit er Vater geworden war, ständig verantwortungsbewusstem Handeln entzogen hatte. Mir war aus der Weimarer Zeit nicht alles bekannt, aber genug, um mir ein Bild machen zu können. Genug, um einschätzen zu können, dass Martha einen Fehler beging, wenn sie ihm wieder Vertrauen schenkte. Ich hatte mich dazu gesetzt, ich suchte jetzt Marthas Nähe, war froh, durch bereits geflossenen Alkohol in gelockerter Stimmung zu sein, und witterte meine Chance, mich in diesen Dialog einzuklinken.

»Meine Schwester hatte immer schon ein Händchen für gaannz stabile Typen«, sagte ich. Ostentativ rückte Martha mit ihrem Stuhl zur Seite, näher an Rebekka heran, Hauptsache weit weg von mir und ignorierte meinen Kommentar vollkommen. Meine Güte, das war doch als Witz gemeint. Wenn ihr der Humor schon so früh am Abend abhandenkam ...

»Hab das Gefühl, heute führen alle offene Beziehungen. Also – ich kann das nicht«, sagte sie.

»Ist immer so ein Ding, wie man Liebe definiert«, erwiderte Rebekka. Martha schaute tief ins Glas und sagte, als hätte sie diese Weisheit im Kaffeesatz, der an diesem Abend eben Wein war, gelesen: »Wikipedia sagt ja: Liebe ist die Form höchstmöglicher Wertschätzung.«

»Das klingt jetzt vielleicht zynisch, wenn man in deiner Situation steckt. Aber sei froh, dass du jung Mutter geworden bist. Man ist belastbarer«, sagte Rebekka. Ja, das war auch so eine Weisheit. Die vermutlich auch ein wenig stimmte. Martha zuckte nur mit den Schultern. Und trank und trank. Emil hatte zu schreien begonnen. Hörte sie das nicht? Ich tippte Martha auf die Schulter und zeigte auf das Schlafzimmer.

»Eine Freundin meinte neulich zu mir: Wenn man ein Kind hat, ist das wie dein verlängerter Arm.« Martha stand auf, stöhnte, sagte:

»Nein. Es *ist* dein Arm.« Sie steuerte Richtung Emil, ich hatte sie gar nicht aus dem Gespräch reißen wollen. Laut brüllte ich ihr praktisch hinterher:

»Ich kann auch gehen.«

Aber sie würdigte mich keines Blickes mehr und war im Schlafzimmer verschwunden. Ich dockte bei Rebekka an, wollte witzig sein und sagte: »Wir sind Helikoptereltern.«

Ich wusste, es war ein komischer Spruch, ich wusste auch, dass »wir« nicht Emils Eltern waren, ich wusste, wir könnten jetzt auch einfach mal das Thema wechseln und über die Arbeit reden, aber auf die Schnelle war mir nichts Lustigeres eingefallen. Zum Glück ging Rebekka gar nicht darauf ein, wir schwiegen ein wenig, dann sagte sie:

»Und, bei dir? Was gibt's Neues. Du wirkst so lebendig heute!« Meinte sie das Kleid, das schon ein paar Gäste vor ihr bewundert hatten? Nein, sie meinte tatsächlich mich, ganz ohne Fashion Gedöns.

»Ich hab mich getrennt«, sagte ich. Mit großen Augen sah sie mich an. Setzte diese Miene à la »Hab ich richtig gehört?« auf. Hatte aber keine weitere Frage parat, also erzählte ich frei von der Leber, ob sie es nun hören wollte oder nicht. »Ich hab dieses diffuse Daten nicht mehr ausgehalten. Hat mich eh nie richtig an sich rangelassen, der Christoph.«

»Ich fand ihn ja sehr nett«, sagte Rebekka. Ich wollte lachen und heulen zugleich. Nett! Ich riss mich zusammen, bloß nicht laut, oder zu laut zu sein, ein bisschen Anstand musste man als Gastgeberin schon wahren, und sagte, ohne meinen ironischen Tonfall in der Stimme verbergen zu können:

»Nett. Eben. Aber auch nicht mehr.« Ich nahm einen großen Schluck aus dem Glas, das ich so liebte, Marke Manufactum, und sagte:

»Der Wein ist super.« Sagte es mehr zu mir selbst als zu meiner Dialogpartnerin. Ich war betrunken. Jetzt war es offiziell. Zumindest beschwipst. In mir brodelte so eine seltsame Energie, es war nicht Wut oder Aggression, aber doch der Drang, Unfug zu treiben. So ein Schabernack-Gefühl, das man noch aus Kindertagen kennt und als erwachsener Mensch viel zu oft unterdrückt, weil man im Alltag funktionieren muss, kroch meinen Nacken hoch, legte sich auf meine Wangen und meine Stirn. Mein Gesicht glühte wahrscheinlich schon vom Alkohol, das tat es nicht immer, wenn ich trank, aber bei Rotwein sehr oft. Ich klopfte mit einem Löffel gegen mein Weinglas, wie das Menschen auf Hochzeitsfeiern machen, die eine Rede halten wollen, und verkündete: »Wir spielen ein Spiel. Ein sehr schönes Spiel. Jeder muss mitmachen, sonst – hör ich auf zu trinken.« Ein paar lachten über meine kleine Posse. Ich war guter Dinge. Vielleicht aber doch langsamer trinken ab jetzt, Lotte!

Der Abend verlief heiter, in einer Ecke wurde sogar getanzt. Martha war schon eine ganze Weile in ihrem Kämmerchen verschwunden. Ich fragte mich, ob meinetwegen oder ob etwas mit Emil war. Bestimmt war er längst eingeschlafen! Als sie sich dann wieder zu uns gesellte, winkte ich sie demonstrativ heran. Sie näherte sich, sah aber zögerlich aus, ihre Bewegungen schienen seltsam kontrolliert, wie war sie denn drauf? Ich zog an ihrem Unterarm, setz dich einfach mal zu uns, Schwesterherz, dachte ich.

»Du bist ganz schön betrunken, Süße«, sagte sie und bekundete, bald schlafen gehen zu wollen.

»Auf gar keinen Fall«, sagte ich.

»Spiel mit uns kurz das Spiel.«

»Welches Spiel?«

Das Spiel war wirklich lustig, wenn man sich darauf einließ.

»Erinnerst du dich, wie wir früher ›Sag die Wahrheit und nichts anderes‹ gespielt haben?«

»Du meinst ›Wahrheit oder Pflicht‹«, sagte Martha. Rebekka lachte und sagte:

»Nein, das geht ein bisschen anders.«

Diese Diskussion führte nirgendwo hin, wieder griff ich nach Marthas Ärmel, ich wollte sie ein wenig aufziehen.

»*Das* Spiel, Martha.«

Sie riss ihren Arm los, spielte Opfer häuslicher Gewalt oder irgendwas in die Richtung und setzte sich neben Rebekka. Ich verwies sie auf die andere Seite des Tisches. Damit das Spiel richtig funktionierte, musste sie vis-à-vis von mir sitzen. Voller Empörung sah sie mich an, um gleich darauf dem Wink zu folgen und sich rüberzusetzen.

»Es ist supereinfach, Martha. Eine Runde lang sagt jeder etwas wahnsinnig Liebevolles über sein Gegenüber. Eine Runde lang etwas –«

»Hasserfülltes«, ergänzte Rebekka mit aufgesetzt fieser Stimme, sie klang wie schlechtes Schultheater. Es amüsierte mich, dass sie in dem Spiel so aufging, vielleicht aber auch nur sturzbetrunken war wie ich.

»Nein. Einfach was ... nicht so Nettes. Was nervt dich an deinem Gegenüber. Was ... magst du niiiiicht so gern«, stellte ich richtig. Martha sah so aus, als überlegte sie, ob sie dieses Spiel wirklich spielen wollte. Oder sollte. Oder durfte. Um ehrlich zu sein, sah sie so aus, als würde sie einfach schnell ins Bett wollen.

»Komm schon. Tut nicht weh«, sagte ich. »Jeder kommt bei jedem Mal zum Zug.«

Meine Schwester sah sich um. Dachte bestimmt, dass es nicht so schlimm werden würde, außer uns beiden und Rebekka saßen ja nur noch zwei Gäste am Tisch. Paul, mein schwuler Kumpel aus Studienzeiten, und Barbara, die Journalistin, die gegenüber wohnte und mit der man immer gut trinken konnte. Martha blieb sitzen, wir konnten also anfangen.

»Das Tolle an dir ist, dass – du dich immer so ins Leben stürzt.«

»Wie meinst du das?«, sagte Martha. Es wurde still am Tisch. Paul und Barbara kicherten.

»So geht das Spiel nicht«, sagte ich.

»Man muss keine Erklärungen abliefern für das Gesagte. Jetzt du.« Checkte sie es wieder nicht. »Es geht so pingpongmäßig. Ich sag was, dann gleich du.« Martha wurde laut.

»Das ist doch bescheuert. Immer machst du mich runter.«

»Jetzt sei doch nicht so empfindlich. Ich hab dir doch voll das Kompliment gemacht.« Rebekka, die wohl beschwichtigen wollte, sagte:

»Wenn sie das Spiel nicht spielen will.« So ein Quatsch. Mal wieder genoss Martha ihre Opferrolle. Mir fiel ein altes Zitat ein.

»Unser Vater hat immer gesagt: ›Da hab ich mir zwei Blumen gezüchtet: eine Mimose und eine Narzisse‹«, erklärte ich Rebekka. Unser Vater war Botaniker gewesen. Ständig hatte er für das Institut, in dem er arbeitete, irgendwelche Moose in den umliegenden Wäldern von Freiburg im Breisgau, der malerischen Stadt, in der wir aufgewachsen waren, gesammelt, nach Hause gebracht und dokumentiert. Meine Nachbarin kicherte blöde und hoffte wohl, dass Paul mit einstieg. Ich goss mir Wein nach. Martha sagte:

»Narzisse, genau. Das Tolle an dir nämlich ist, dass du so von dir selbst überzeugt bist.«

»Danke schön«, sagte ich und war ganz zahm. Wir schwiegen uns an, bis Martha mich daran erinnerte, dass ich an der Reihe war. Ich überlegte kurz und sagte, dass das Anstrengende an ihr sei, dass sie immer alles auf sich beziehe. Das tat gut. Das hatte ich ihr immer schon mal so ganz direkt mitteilen wollen. Jetzt fuhr sie alle Krallen aus:

»Du bist pedantisch.« Ich verzichtete auf unnötige Denkpausen.

»Du bist stur. Und naiv.«

»Und du abgebrüht«, konterte Martha. Ich sah sie ungläubig bis angewidert an.

»Entspann dich!«, stöhnte sie.

»Ich bin entspannt!«

»Das Einzige, was an dir entspannt ist, sind deine Ohrläppchen!«

Oh Gott. Mir war ganz heiß vom Alkohol. Ein Moment der Klarheit legte sich über mich, ich war kurz davor loszuprusten. Weil alles so albern und traurig zugleich war. Und weil wir die Anleitung vollkommen missachtet hatten. Jede Hassrunde sollte doch von einer liebevollen abgelöst werden. Hatten wir beide vollkommen vergessen.

»Schön an dir finde ich – deine Haare«, sagte ich.

»Bullshit«, sagte Martha. Und setzte nach: »Früher habe ich dich gehasst, weil du alle Jungs aufgerissen hast, in die ich verliebt war.« Ich hatte vergessen, wie nachtragend sie sein konnte.

»Wann, vor fünfzehn Jahren? Die waren doch viel zu alt für dich. Außerdem musst du was Nettes sagen«, erklärte ich. Keiner kicherte mehr, wir hatten uns in unserem Zweiergefecht verfangen, verrannt und verfangen, es war still, bis sich schließlich doch Rebekkas Stimme aus der bitteren Realität meldete: »Entschuldigung. Spielen wir noch mit?«

»Das Spiel ist total bescheuert«, sagte Martha und merkte gar nicht, dass sie sich wiederholte. Ihr fiel wahrscheinlich nichts Nettes ein zu meiner Person. Dann machte ich eben weiter.

»Ich hab dich dafür gehasst, dass du dich dauernd bei Mama eingeschleimt hast.« Sie verzog das Gesicht, als habe sie auf eine Chilischote gebissen.

»Ich hab doch total viel gestritten mit Mama!« Ihre Stimme klang jetzt etwas schrill, sie hatte sich nicht mehr im Griff. Voll daneben, Schwesterherz, aber ich weiß schon, jeder erinnert sich nur an das, was er will und wie er will. »Du hast immer total übertrieben im Haushalt mitgeholfen. Immer so eifrig geputzt.«

»Ach, deswegen hast du dich so bedroht gefühlt in deiner Vormachtstellung?«, bellte Martha. Sie hatte sie nicht mehr alle. Welche Vormachtstellung?, dachte ich und sagte es auch laut. Darauf folgte der Vorwurf, dass ich immer so ahnungslos täte. Und ein kleiner Monolog:

»Dein Lebensmotto nach Papas Tod war doch ›Hallo, hier Lotte, Mama Nummer zwei.‹ Hast deine Superwoman-Rolle genossen, weil Mama nichts mehr hingekriegt hat vor lauter Depressionen!«

Jetzt schenkte sie sich nach, aber ordentlich. Wir sahen uns in die Augen. Ich musste an Szenen aus einem Western denken, ich wollte alles irgendwie lustig finden, locker sehen, stattdessen spürte ich, wie eine Arterie an meinem Hals ganz heiß wurde und pochte, seltsam brodelte. Jetzt nicht alles rauslassen, das ganze Pulver auf einmal verschießen, Charlotte. Du bist kein kleines Kind wie Martha, du hast deine Impulsivität im Griff. Paul war das alles wohl zu bunt geworden, er stand vom Tisch auf und ging – wohin auch immer. Ich nippte kurz an meinem Glas, jetzt bloß nichts irgendwo hinschmeißen oder schmettern, Charlotte, und auch nicht daran denken, es zu tun. Diese Ader brachte mich um, sie pochte und pochte, es blubberte, mein Hals fühlte sich so heiß an, als könnte, müsste ich gleich Feuer speien. Schlagartig überkam mich eine große Ruhe. Ich sagte:

»Immer noch besser als dein Lebensmotto: ›Heulen, bis der Arzt kommt.‹«

Das war, glaube ich, gemein von mir gewesen. Aber ich war eben auch nur ein Mensch.

»Fick dich«, sagte Martha, was mich nicht unbedingt wunderte, wobei ich mehr ein »Ich hasse dich« erwartet hätte, und stand auf. Sie flüchtete sich ins Schlafzimmer. Mit einer Melange aus Vorwurf und Überforderung in den Augen sah Rebekka mich an. Von ihr belehrt oder getätschelt oder überhaupt irgendwas zu werden, würde ich jetzt wirklich nicht ertragen, also stand ich auf und ging auf die Toilette.

Verfluchte Scheiße. Papa fehlte noch immer. So sehr. Dass er sich so gnadenlos kurzfristig aus unser beider Leben verabschiedet hatte, war eine Ungerechtigkeit, die zum Himmel schrie, und in Momenten wie diesen, nach einigen bis zum Rand gefüllten und getrunkenen Weingläsern, auf den Fliesen meines Badezimmers kauernd, konnte ich nicht umhin, die Beherrschung zu verlieren und ihn ganz persönlich dafür zu verfluchen, dass er gegangen war. Dabei konnte er selbst am wenigsten etwas dafür. Als unser Vater erfahren hatte, dass er krank war, hatte er sich zunächst gefasst gegeben. Rational. Das war im Grunde ja auch sein Hauptcharakterzug gewesen. Er hatte angekündigt, alles machen zu wollen, was ihm die Ärzte vorschreiben würden, er hatte betont, den Ärzten zu vertrauen und, wie man so schön sagt, kämpfen zu wollen. Doch schon nach ein paar Wochen hatte er einsehen müssen, dass er in dieser Schlacht einem höchst ungleichen Gegner gegenüberstand. Bei akuter Leukämie gibt es nicht viel zu kämpfen. Es gilt eher alles durchzustehen. Die ganzen Nebenwirkungen der Zytostatika. Die ganze Kotzerei. Mama und ich hatten uns nachts immer abgewechselt mit dem Putzen der Toilette. Martha hatten wir, so gut es ging, aus allem raushalten wollen. Ob sie das wohl gespürt hat? Papas Mut war schnell an Grenzen gestoßen. Die Familienkonferenz zum Thema Einäscherung oder Grab. Ich sah ihn vor mir, am Küchentisch, sah, wie die Nachmittagssonne auf ein Gesicht schien, dessen Muskeln alles gaben, damit er nicht in Tränen ausbrach. Sein Wutanfall darüber, das gar nicht entscheiden zu können oder zu wollen. Es war eine unserer letzten schönen Zusammenkünfte gewesen, also als ganze Familie.

Bis zum Schluss hatte Papa seine Pflanzen geliebt. Wir hatten sie ihm ins Hospiz gebracht, und die wenigen Male, die er noch aufstehen konnte, bevor es vorbei war, war er zum Fenster gegangen, um sie sich anzusehen. Das hatte mir die Schwester erzählt, die ihn gestützt hatte. Von uns hatte er sich am Ende nicht mehr stützen lassen wollen. Er hatte im Bett gelegen und lieber gefragt. Nach der Schule, nach unseren Freundinnen. Hatte versucht zu lächeln, wenn Martha ihm Aufnahmen mitbrachte, Songs, die sie auf bunt beschrifteten Kassetten für ihn aufgenommen hatte.

MARTHA

Niklas' Wohnung war sehr schlicht eingerichtet, aber nicht ungemütlich. Das war immer schon sein Talent gewesen, selbst in kurzer Zeit, unter schwierigen Umständen erfinderisch zu sein, wenn es darum ging, einen Schrank zu bauen oder ein Bett. Da konnte er auch gut alleine sein, beim Handwerken, da stürzte er sich mit Elan drauf, da brauchte er auch kein Bier. Wenn er etwas baute, konnte sich der ihm innewohnende Aktionismus voll entfalten, und hinterher fühlte er sich erschöpft und froh und auch ein wenig stolz.

Die neue Berliner Wohnung wirkte also noch etwas steril. Doch man spürte, dass er noch nicht richtig angekommen war. Er hatte unseren großen Wohnzimmerteppich aus Weimar hierhergeholt, es versetzte mir einen Stich, wenn ich drüber lief. Aber gut, sagte ich mir, irgendwann musste man die Vergangenheit ruhen lassen. Auch die jüngste. Mein Blick war konstant nach vorne gerichtet, zum Wohle Emils. Mit einem Kind an der Brust, am Arm, auf dem Rücken, im Bett, am Esstisch, immer an der Backe hatte man keine Zeit in der Vergangenheit zu bohren, auch nicht in den Wunden, es war viel wichtiger, sich auf das Hier und Jetzt zu konzentrieren, pragmatisch zu bleiben, um überhaupt den Ball am Laufen zu halten, einen halbwegs strukturierten Alltag hinzukriegen. Und zu guter Letzt hatte ich das Gefühl, dass es Emil guttat, seinen Vater hier zu haben, das war wichtig und richtig, es gab nun mal zwei Elternteile, auch wenn ich mir ständig einredete, mit links alleinerziehend sein zu können.

In sicherem Abstand zum großen Teppich stand ich in Niklas' Wohnung, am Fenster neben dem dunklen Bürotisch, den er auf dem Flohmarkt aufgegabelt, geschmirgelt und neu gebeizt hatte. Ich studierte »The Sky is Crying« ein. Ich war in Form, hatte das Gefühl, konzentrierter denn je zu sein, es tat so gut, für ein paar Stunden ganz allein zu sein, nur ich und meine Noten, kein Emil, keine Lotte, kein Niklas und auch keine gehetzten Unternehmensberater. Der Nachmittag verging jedoch zu meinem Leidwesen – wie üblich – wie im Flug. Natürlich freute ich mich, als die beiden zur Tür reinkamen, zugleich musste ich mir eingestehen, dass mich in diesem Moment nichts glücklicher gemacht hätte, als noch eine Stunde länger in Ruhe proben zu können. Nur eine Stunde. Keine zwei oder drei. Ich atmete tief ein und aus, um mich selbst zu ermahnen, diese dummen Ansprüche und Gedanken, die mich innerlich aufzufressen drohten, schnell zu vertreiben, ich mimte ein breites Wiedersehenslächeln, und lief zu Niklas.

»Halloooo.« Er drückte mir, ohne meine Begrüßung zu erwidern, das Kind in die Arme. Emil war schlecht drauf. Er kreischte. Wohl schon länger. Das halbe Gesicht war voller Rotz.

»Was hast du denn, mein Schlawiner?«, sagte ich mehr zu mir selbst als zu Emil. Der Arme.

»Das geht schon den ganzen Nachhauseweg so«, sagte Niklas und verschwand in der Küche. Ich sah, wie er sich am Fenster eine Zigarette anzündete und in seinem Telefon scrollte. Ein einfühlsamer Papa. Musste man schon sagen. Hatten wir überhaupt ein Wort gewechselt, seit er nach Hause gekommen war? »Kannst du ihn noch eine halbe Stunde oder so nehmen? Damit ich das Lied weiter proben kann?«, rief ich, während ich Emil die Jacke auszog. Niklas scrollte und scrollte. Dieser Bastard.

»Niklas?«

»Ja. Weiß nicht. Ich hab Kopfweh, Baby. Der schreit so seit Stunden.« Tja, willkommen im Club der Elternschaft. Kinder sind auch mal schlecht drauf. Das äußert sich etwas weniger subtil als miese Laune bei Erwachsenen.

Ich drückte Emil ganz dicht an mich und versuchte ihn zu beruhigen. Dann hielt ich es nicht mehr aus. Diese Distanz, die der wieder aufmachte. Dieser Typ. Mein Mann. Ich folgte ihm in die Küche, mit Emil auf dem Arm. Er hatte sogar für dreißig Sekunden seine Klappe gehalten.

»Er hat wahrscheinlich nur Hunger.«

Niklas steckte endlich sein Scheißtelefon in die Hosentasche. »Nicht hier. Ich rauche.« Ich versuchte mir einzureden, dass er es nur nett meinte. War zum Wohle Emils mit dem Rauch, stimmte schon. Trotzdem ließ ich mir nicht sagen, wo ich sein durfte und wo nicht.

»Ich muss zum Kühlschrank.« Ich war ganz ruhig. Er war es, der hier gehörig aus dem Gleichgewicht geraten war. Nicht ich. Er drückte die Zigarette aus. Drehte mir den Rücken zu, verließ die Küche. Er setzte sich auf die Couch, zückte – ich fasste es nicht – schon wieder sein Telefon. Surfte im Netz. Schrieb eine Nachricht. Die Mikrowelle piepte. Emil schrie noch. Gleich gibt's Yummi Yummi, mein Spatz. Alles wird gut. Mit Emil auf dem Arm, dem Milchfläschchen in der Hand, ging ich ins Wohnzimmer. Das Kind trank und beruhigte sich tatsächlich ein wenig. Gott sei Dank. Diese Stille im Raum. So schön. Dennoch durchbrach ich sie, sobald ich wieder klar denken konnte. Dieses Arschloch starrte immer noch ins Handy.

»Sag mal, gehen wir dir auf die Nerven?« Seine Antwort kam prompt, sie klang nicht mal gelogen.

»Nein. Ich habe Kopfschmerzen.« Schlagartig wurde ich weich. Jetzt nur nicht heulen. Oh Mann, Martha. Ich wollte doch auch nur, dass – irgendwas mal funktionierte. Zwischen uns. Ich sortierte meine Gedanken, realisierte, dass es wirklich anstrengend gewesen sein musste mit Emil, war es schließlich oft. So viel hatte er nicht verbrochen, außer, dass er genervt war. Und mal grüßen könnte, wenn er zur Tür reinkommt. Ich strich Niklas durchs Haar. Konnte einfach nicht verstehen, warum er so distanziert war. Er ließ mich zwar gewähren, erwiderte aber meinen zaghaften Annäherungsversuch mit keiner Geste.

Ich nahm die Hand von seinem Kopf.

»Ich wollte heute hier schlafen.«

Niklas sah mich nicht an. Flüsterte ein »Aber?« in meine Richtung. Ich hasste ihn.

Zog einfach das Telefon aus seiner Hand. Dieser schlecht erzogene Bastard. Er hatte nicht einmal den Anstand, mir ins Gesicht zu sehen, wenn er mit mir redete.

»Sag du es mir!«, schrie ich. Stille. Emil würde gleich wieder losschreien. Ich konnte die Sekunden, bis es losgehen würde, an einer Hand abzählen. Er erschreckte sich immer, wenn ich laut wurde. Niklas sah mir jetzt wehleidig in die Augen. Mitleidig oder wehleidig. Auch egal, die Sache war sowieso nicht mehr zu kitten.

»Tut mir leid. War nur etwas anstrengend heute. Ich muss noch Text lernen«, sagte er.

»Verstehe«, log ich, stand auf und suchte Sachen für Emil und mich zusammen, die ich so schnell ich konnte in meine große Tasche packte.

SECHSTES KAPITEL

MARTHA

Es gab nur einen Mann in unserer Runde, den Bassisten. Ronja war Leadsängerin, außer mir waren noch zwei Frauen für den Backgroundgesang zuständig, ich glaube, Ronja kannte sie von einer Tour, von der sie mir mal erzählt hatte, sie lebten beide in Berlin, aber noch nicht lange. Auf jeden Fall waren sie nett. Ich war so gut gelaunt wie schon lange nicht mehr. Ich durfte proben! Durfte woanders als in meinem Kämmerchen singen, bekam Feedback, hatte eine Aufgabe, etwas Eigenes, das nur mir gehörte und nichts mit meinem Sohn zu tun hatte. Ronja hatte mir ein paar Tage nach unserem Treffen tatsächlich die Einladung, an einer Bandprobe teilzunehmen, per SMS geschickt, eine Probe, die zwar etwas spät am Tag angesetzt war, aber ich versprach zu versuchen, es einzurichten, und ich schaffte es auch.

Der Raum, in dem wir probten, war zu groß für meinen Geschmack, es hallte arg bei bestimmten Frequenzen. Ich bevorzugte kleinere, überschaubarere Räume, beschwerte mich aber nicht und freute mich aufs Neue, dass ich dabei sein durfte. Wir improvisierten ein wenig zum Song »I Knew You Were

Waiting (For Me)«, um genau zu sein zur Variante von Aretha Franklin und George Michael. Irgendwann bat Ronja mich, Michaels Part zu übernehmen, es funktionierte erstaunlich gut, wir waren ein schickes Duo, die Leadsängerin und ich. Obwohl ich nervös war, weil ich nun im Vordergrund stand, bewahrte ich Haltung, in hohem Bogen schickte ich den Ton in eine der hintersten Ecken, ich atmete tief in den Bauch, ich wusste, was ich wollte, auch wenn ich Schiss hatte, ich ließ mich nicht beirren, auch als Ronja die Tonlage änderte. Als wir fertig waren, lachte sie laut und sagte: »Yeah. Martha! Versprich mir, dass du auch bald was für deine Solokarriere machst, ja?!« Versprechen konnte ich da nichts, aber ihre Worte schmeichelten mir doch sehr. Dann konnte ich es wohl noch ein bisschen, das mit dem Singen. »Aye, aye«, sagte ich leise und legte das Mikro ab. Ronja rief die wohlverdiente Pause aus. Der Bassist holte seinen Tabak aus der Hosentasche, die Sängerinnen zückten die Smartphones, man saß herum, drehte Zigaretten und rauchte sie voller Inbrunst. Als ich auf mein Display starrte, stockte mir der Atem. Fünf verpasste Anrufe. Ich rief zurück. Es war die Babysitterin. Emil hatte sich mehrfach erbrochen. Ich versuchte Ruhe zu bewahren, erklärte, dass er das manchmal mache. Es bestehe kein Grund zur Panik. Brachte in Erfahrung, ob sie schon Fieber gemessen hätte, erklärte ihr, wo das Thermometer war. Es schien schwer für sie, runterzukommen, ihr Atem klang wie ein Hecheln, ihre Stimme zitterte nahezu, meine Güte, dass das bisschen Kinderkotze so einen

Schock hervorrufen konnte, hätte ich nicht gedacht.

»Genau, und auf dem dritten Regal im Badezimmerschrank müsste es sein. Was, schon wieder? Verfluchte Scheiße.« Das ließ mich wiederum nicht ganz kalt. Dass er jetzt im Minutentakt spie. Ronja wollte wissen, was los sei.

»Etwas mit dem Kleinen?«, fragte sie. Ja, genau. Der Kleine.

»Er kotzt seit zwei Stunden alles voll«, erklärte ich. Entsetzt sahen die Sängerinnen mich an, der Bassist hob kurz den Blick vom Smartphone und schien ›Nicht cool‹ zu denken und das auch mitteilen zu wollen. Ronja konnte sich einen Kommentar nicht verkneifen.

»Da bist du noch so entspannt? Du musst doch hin.« Ich erklärte, dass ich das doch auch wisse. Klugscheißerin.

»Ich wollte *ein einziges Mal* in Ruhe proben. Hab mir extra eine Babysitterin geleistet, und dann das.« Was mit meiner Schwester sei, hakte sie nach. Was sollte sein. Unser Verhältnis war zurzeit nicht das Beste, und sie konnte auch nicht ständig auf Emil aufpassen.

»Die soll sich nicht immer verantwortlich fühlen für Emil«, sagte ich und wollte sehr erwachsen klingen mit diesem Satz.

»Meintest du nicht, Niklas sei auch in town? Wollte er nicht sogar herziehen?« Die war echt forsch, die Ronja. Ich hatte nur ein Stöhnen für all ihre dummen Fragen übrig und nuschelte:

»Der ist doch selbst ein Kind.« Für mich war es das gewesen mit der Probe. Ich schnappte mir Jacke und Tasche und machte mich aus dem Staub. Mir war mal wieder zum Heulen, die Tränen flossen aber erst, als ich auf der Straße war. Ich war verantwortlich. Ich und niemand anderes.

Zum Glück beruhigte sich sein Magen schnell wieder, wider Erwarten musste ich am nächsten Tag meinen Dienst doch nicht absagen. Ich hatte bislang sogar ein paar ruhige Schichten erlebt, in denen ich auf dem Rezeptionsdesk mit den Fingern ein paar Etüden probte. Mit der Stimme ging es in der wenigen Freizeit, die ich mir erkämpfte, voran, im Keyboardspielen war ich aber eine Niete. Und es war dringend notwendig, dass ich besser wurde, weil ich meine eigene Begleitung war. An Kunst war heute leider nicht zu denken, ich wurde gebraucht. Ein Unternehmensberater hatte seinen Laptop auf dem Flughafen in Frankfurt liegen gelassen, vergessen, was weiß ich. War mir nämlich ein Rätsel, wie man das wichtigste Arbeitsutensil überhaupt aus der Hand legen konnte. Aber man muss ja nicht alles verstehen, und vielleicht, nein, sogar sicher war der Arme einfach nur übermüdet gewesen. Er befand sich in dieser Sekunde auf dem Weg nach Houston und wollte, dass ich mal eben in Erfahrung brachte, was sich machen ließe mit dem Ding. Für den Fall, dass es überhaupt wieder auftauchte. Nach Dutzenden Warteschleifen, Telefonaten mit der Polizei, der Lost-and-Found-Abteilung des Frankfurter Flughafens und noch ein paar Stellen hatte ich den Laptop tatsächlich ausfindig machen können, allerdings musste er noch von seinem Besitzer identifiziert werden. Auf die Fotos, die ich ihm weitergeleitet hatte, hatte er noch nicht reagiert. Schon stand der nächste Berater vor mir, er wollte etwas aus dem Technikschrank. Als ich öffnete und wir beide unseren Kopf hineinsteckten, um den richtigen HDMI-Adapter zu finden, sprang er höflich zur Seite. Ich konnte sein After Shave riechen, und es roch durchaus gut, er aber murmelte:

»Sorry, mach erst mal du, und ich schau hinterher. Sonst haben wir hier gleich eine MeToo-Situation.« Ich wusste nicht, ob ich lachen sollte, hatte außerdem überhaupt keinen Plan, wie dieses Kabel aussah, das er suchte, verabschiedete mich also leise und erklärte, er könne mich bei Fragen wieder an der Rezeption finden.

Jetzt saß ich da, hatte meine schöne Bluse von TK Maxx vollgeschwitzt und nutzte die Verschnaufpause, um private E-Mails abzurufen. Juhu. Ein Typ, der mir empfohlen worden war in Sachen Demotape – also er half einem ganz professionell mit dem Erstellen, hatte ein Tonstudio und so – hatte geschrieben. Endlich ging mal was weiter! Wenn ich wolle, könne ich schon nächste Woche vorbeikommen. Ich freute mich, zugleich wurde ich saunervös. Keine Tipps, irgendwelche Vorgaben, zum Beispiel auf die Frage, was ich überhaupt aufnehmen solle? Das musste ich wohl allein entscheiden, war schon richtig, trotzdem hätte es mich entspannt, wenn seine Nachricht etwas weniger pragmatisch ausgefallen wäre. Ich zückte meinen Kalender, überlegte, welchen Tag ich ihm vorschlagen sollte. Wie lange dauerte so eine

Aufnahme? Die Frage war ja auch, wie viel seiner Zeit konnte ich mir leisten. Für welche Schichten war ich nächste Woche eingetragen? Wann hatte Lotte noch mal gesagt, dass sie Emil abholen könne? Viele Dinge, die es zu klären galt, wofür ich aber schlagartig doch keine Zeit hatte, weil die blöde Klingel losschrillte, wenn das passierte, musste ich den Gästen oder auch internen Mitarbeitern öffnen, die zu faul waren, ihren Schlüsselbund aus der Tasche zu holen. War ja schnell gemacht über meinen Super-Touchscreen links vom Computer. Charlotte rauschte durch den Flur, an mir vorbei. Sie sah heute etwas blass aus, hatte aber die Haare so schön hochgesteckt, etwas, das sie in letzter Zeit selten getan hatte. Wäre sie nicht wie immer in Eile gewesen und hätte so wahnsinnig busy ausgesehen dabei, hätte ich sie auch mal kurz zur Seite nehmen und einfach fragen können, was ich zu nächster Woche wissen wollte. Schon in meinen ersten Arbeitsstunden aber hatte ich verstanden, dass in der Kommunikation mit meiner Schwester die gleichen Regeln wie für alle Mitarbeiterinnen galten: Man war freundlich, auch zuvorkommend, aber man musste im Trubel des ernst zu nehmenden, außerordentlich seriösen und sehr schnell tickenden Büroalltags immer den guten, nein, den absolut richtigen Moment erhaschen, in dem es zulässig war, die geschäftige Person in ihrem To-Do-Fluss zu unterbrechen. Ich ließ Lotte also in ihrem Flow, ließ sie machen, sie lächelte mir sogar über die Kante meines Rechners hinweg zu, ich nickte ein schnelles »Hallo« und starrte wieder auf den Bildschirm.

Natürlich war alles etwas seltsam geworden mit Martha. Seit unserem großen Streit. War das überhaupt ein Streit gewesen? Wir hatten es nicht lassen können, uns gegenseitig zu beschimpfen. Und hatten danach kein klärendes Gespräch geführt. Irgendwie war dafür aber auch nie Zeit gewesen. Wenn sie nicht mit Emil beschäftigt war, übte sie auf ihrem Keyboard oder telefonierte mit dieser seltsamen Ronja. Niklas – dieser Nichtsnutz, diese hoffnungslos verlorene Gestalt, dieses Arschloch, dessen egoistische, hirnrissige und dumme Aktionen stets zum Himmel schrien – hatte sich ein paarmal bei ihr gemeldet, das war mir nicht entgangen. Ich hatte aber beschlossen, mich zusammenzureißen, und gab ihr keine Ratschläge mehr. Sie war erwachsen, der ganze Kram *non of my business,* und wenn sie immer wieder auf die Fresse fallen wollte, dann sollte sie das tun. Zu Hause gingen wir uns also aus dem Weg, und im Büro im Grunde auch. Mit dem einzigen Unterschied, dass das dort besser funktionierte, weil in der Firma fast immer etwas los war. Ich glaube, sie machte sich gut am Empfang, wirkte oft etwas überfordert, aber auch nicht so überfordert, dass es ihr peinlich sein musste. Oder sagen wir: mir peinlich sein musste, weil Marthas Schamgrenze nach meiner bisherigen Erfahrung eine ganz andere war. Ich glaube, ihr unterliefen etliche Schlampigkeitsfehler, sie stellte auch immer wieder etwas naive Fragen, aber man verzieh ihr, weil sie als Anfängerin ja fragen sollte, »gerne, immer wieder, einfach nachfragen«, hatte die Office Managerin gesagt und *last but not least*: Sie hatte immer diesen Charme, bei all ihren Aktivitäten, diese Aura von »Ich weiß, ich bin bisschen fremd hier, aber hey, Leute, ich lass mich nicht unterkriegen, und ich bin dafür verantwortlich, dass Bonbons nachgelegt werden am Tresen, eure Nervennahrung, euer Highlight zwischen Call und Mail-Alarm, also seid nett zu mir, dann bin ich es auch zu euch«. Man verzieh ihr viel und oft und auch ich tat das.

Heute hatte ich nicht einmal Zeit, auch nur dreißig Sekunden mit ihr zu sprechen, mir saß die Buchhaltung einer Firma im Nacken, es ging um eine Bestellung, die mein Chef dringend erledigt haben wollte. Ich blickte durch die Glasscheibe des Teamraums und konnte leider nicht erkennen, ob Robert in einem Call war oder nicht. Mal wieder performte ich still vor seiner Bürotür, machte lustige Zeichen, Hand an Ohr, fragendes Gesicht, vollzog pantomimische Höchstleistungen, er schüttelte den Kopf und winkte mich rein. Ich legte das Blatt Papier sowie den Kugelschreiber vor seine Nase, er war immer nur digital unterwegs, hatte selten was zum Schreiben parat.

»Ich brauche nur schnell eine rechtskräftige Unterschrift, weil ich nicht einkaufsberechtigt bin.« Er signierte. Wir redeten kurz und oberflächlich. Ich war fast schon zur Tür raus, da fiel ihm noch ein To-do ein.

»Meine Konzertkarten für Freitag hattest du ausgedruckt, oder?« Hatte ich. Lagen seit heute Morgen in seinem Fach. Ich war mal wieder reif für den Feierabend und dieser war zu meinem Glück auch nicht mehr fern.

Seit ich mich von Christoph getrennt hatte, waren die Abende ungewohnt leer. Ich hatte gleich mehrere Stunden nur für mich allein. Manchmal stimmte es mich traurig, immer öfter allerdings genoss ich es. Ich las einen Roman aus den dreißiger Jahren, den mir Rebekka empfohlen hatte. Es war wirklich irre, wie schnell man sich das Lesen abgewöhnen konnte, das lineare Aneinanderreihen von Zusammenhängen und Bildern, wenn man ständig nur am Rechner hing, wo einen im Zehn-Minuten-Takt eintrudelnde E-Mails – oder aus mangelnder Selbstdisziplin aufgerufene Webseiten – immerzu aus dem Takt brachten, die Konzentration abreißen ließen. Manchmal sah ich mir auch Fernsehserien an, die ich schon als Jugendliche geliebt hatte. »Malcolm Mittendrin« oder »Die Cosby Show«. Ich wusste, dass es etwas Altbackenes hatte, ich wusste, ich würde beim nächsten Firmendinner nicht mitreden können, wenn es um die neuesten sensationellen Netflix Produktionen ging. Aber es war mir egal. Heute war es weder ein Buch noch eine Serie, die mich fesselten, ich blätterte tatsächlich in einem Ikea-Katalog, den ich vor wenigen Stunden aus dem Briefkasten gefischt hatte. Martha schlurfte ins Wohnzimmer, sie hatte Emil schlafen gelegt.

»Das ging ja schnell«, sagte ich. Nach dem Zähneputzen war sie höchstens zehn Minuten bei ihm gewesen.

»Der war richtig platt von unserem Ausflug. Überhaupt ist er jetzt abends immer erschöpfter als früher. Seit er laufen kann.«

Sie warf sich neben mich auf die Couch, nahm ihren Laptop auf den Schoß und klappte ihn auf. Ich wollte wissen, was sie mache. »Ich will mir was runterladen«, sagte sie.

»Hoffentlich nichts Illegales. Über mein WLAN«, scherzte ich und hoffte, dass sie verstand, dass es ein Scherz war.

»Nein!« Sie klang genervt. Mann Martha, mach dich locker. Ich sagte nichts. Selbst schuld, wenn ihr jeglicher Sinn für Humor abhandengekommen war. »Es gibt so ein Programm, mit dem man super selbst Tonaufnahmen machen kann. Ohne großes Mischpult.« Das war wiederum interessant. Hatte ich tatsächlich nicht gewusst, dass es so etwas gab. Ich griff zum Katalog und versuchte mich wieder auf die Auswahl von Kücheninterieurs zu konzentrieren. Erfolglos. Ich war rausgerissen worden und blieb auch draußen.

»Du wolltest doch in dieses Studio am Wochenende«, sagte ich. Martha schüttelte den Kopf. »Der Typ ist zu teuer.« Sie schob das aber auch ständig auf. War es wirklich nur das Geld? Martha wollte etwas tippen, erstarrte schlagartig, ich legte das Buch weg und sah sie an. Ihre Pupillen hafteten auf dem Bildschirm und versuchten wohl zu begreifen, was sich vor ihnen auftat.

»Dieser Bastard«, sagte meine Schwester. Sie klang seltsam nüchtern dabei. Sie musste dieses Wort schon oft gedacht haben.

»Niklas?« Ich richtete mich auf, blickte mit ihr auf den Bildschirm. Niklas' Facebook-Seite war aufgerufen worden, war in voller Pracht auf ihrem Laptop einsehbar.

»Dieses verfluchte Arschloch«, zischte Martha. Jetzt war ihre Stimme voller Hass. Sie klang wie eine frustrierte Frau. All ihre Weichheit war verflogen.

»War er denn hier?«, fragte ich und versuchte ganz sachlich zu bleiben. Mimte die Kommissarin, die dies und jenes zur Aufklärung des Falles in Erfahrung bringen musste.

»Keine Ahnung. Neulich. Ein-, zweimal«, erwiderte sie und versuchte ihre Tränen zu unterdrücken. Selbst schuld, Martha, dachte ich und sagte nichts.

Stumm lasen wir vom Bildschirm ab. Überflogen den Chat, den er live mit einem weiblichen Selfie-Gesicht führte. Vom Messenger seines Smartphones aus. Während wir zusahen. Moderne Welt. Die Selfie-Braut hatte ihn letztes Jahr am Theater spielen sehen, während ihres Kurztrips nach Weimar. Was, und jetzt sei er Soap-Schauspieler, wow?! Sie würde ihn zu gerne auf einen Kaffee treffen. Niklas schrieb, »Sehr gerne« und wollte wissen, wann. Termingedöns schien der Tussi jetzt nicht mehr so wichtig zu sein, sie schrieb: »Du bist ein echt hotter Typ.«

»Der ist auch echt ein bisschen dumm, dein Mann«, sagte ich. Martha erstarrte erneut. Sobald sie sich gefasst hatte, fing sie an, wild in die Tastatur zu tippen, sie hackte auf dem Ding herum, als würde sie auf jemanden einschlagen wollen. Sie schrieb, dass hier die Frau des hotten Typen sei.

»Komm, das ist doch albern jetzt«, sagte ich, auch wenn ich im Innersten wusste, dass ich bestimmt ähnlich gehandelt hätte. Sie tat mir jetzt leid. Natürlich hatte ich es kommen sehen, aber – ach, mein Schwesterherz. Hatte schon so viel geschluckt. Warum jetzt noch das. Es war so erniedrigend alles.

Marthas Augen glühten vor Wut, während sie tippte und tippte. Nichts auf der Welt schien ihr sinnvoller in diesem Moment. Der Depp meldete sich vom Messenger: »Sorry, das war meine Frau.«

»Überhaupt. Nicht. Albern«, keuchte meine Schwester. Und wirkte plötzlich wieder entspannt. Sie schrieb: »Du bist die erbärmlichste, gottloseste Kreatur auf diesem Planeten. Hab noch ein schönes Leben, Niklas. Mach's dir bequem in deiner Soap.« Sie loggte sich aus und klappte den Laptop zu.

Ich nahm Martha in den Arm, hielt sie so fest ich konnte umklammert und ließ sie erst wieder frei, als ich keinen Schluchzer mehr hörte.

SIEBTES KAPITEL

MARTHA

Niklas hatte schließlich akzeptiert, dass ich ihn nicht mehr sehen wollte. Ich hatte ihm geschrieben, ich würde mich melden, wenn ich »so weit« sei, ich wüsste selbst nicht, wie lange das dauern könnte, aber wir müssten dann in Ruhe und so sachlich wie möglich besprechen, wann und in welcher Form er Kontakt zu seinem Sohn haben könne. Natürlich hatte ich ihm auch dieses Mal hinterhergeheult, hatte manche der schönen längst vergangenen Bilder mit uns beiden nicht aus meinem Kopf radieren können, doch nach seiner letzten, gefühlskalten, ignoranten, triebgesteuerten und obendrauf sehr dummen Aktion war ich mir sicher, dass ich nicht wieder rückfällig werden würde. In meinem Leben gab es längst andere Prioritäten. Die Musik hatte meinen Ehemann vom Sockel gestürzt.

Ich hatte mich entschieden diesen Typen zu buchen, meine ganzen Selbstversuche würden definitiv nur zu halbgaren Ergebnissen führen, ich wollte nicht mit unprofessionellem Material an die Öffentlichkeit treten. Es war jetzt wirklich an der Zeit, was zu investieren, auch wenn ich nicht viel hatte. Bis spätnachts hatte ich gestern geübt, ich war zufrieden mit meiner Songauswahl. Auf dem Weg ins Tonstudio hatte ich ein wenig Schiss gehabt und mich zugleich gefreut. Die Räume waren schlicht eingerichtet, es war etwas dunkel, insgesamt aber nicht ungemütlich. Thomas, der Typ, der die Aufnahmen machte, hatte stahlblaue Augen und trug einen Schnäuzer, so einen gestutzten, einen, der gerade hip war. Er schob schwarze und graue Regler nach oben und wieder hinunter, während ich in das eben Aufgezeichnete reinhören durfte. Hier und da versuchte er mir irgendwelche Lösungsversuche für Problemstellen zu unterbreiten, die mich mäßig überzeugten. Er hatte ein gutes Gehör, arbeitete aber streckenweise schlampig.

»Verstehst du nicht, was ich meine? Man kann da hinterher noch gut rauspegeln …«, sagte er. Würde für mein Gefühl trotzdem noch seltsam klingen. »Ich wollte an der Stelle doch so was à la ›Lauryn Hill unplugged‹ haben. Also: ›auch okay, wenn die Stimme versagt‹«, sagte ich. Er nickte teilnahmslos. Die Luft war schlecht hier drin. Eine Pause würde uns sicher guttun, durchlüften und durchatmen. Es war sauspät. Gleich musste ich Emil abholen. Verdammt, die Zeit war echt schnell vergangen. Thomas schien das kaum zu stören.

»Hast eigentlich alles, oder?« Alles. Woher wollte er wissen, was alles war. Vielleicht wollte ich von Song zwei, dem, an dem wir am wenigsten gefeilt hatten, ein paar Varianten probieren. So ein fauler Hund, ich bezahlte ihn pro Stunde, war doch in seinem Sinne! Eine halbe Stunde, wenn nicht sogar vierzig Minuten wären für mich noch drin gewesen, das war auch mit dem Weg zur Kita zu vereinbaren, wenn ich mich beeilte. Ich zückte mein Portemonnaie, hatte jetzt auch keinen Zweck, ihn zu irgendwas zu überreden, wenn er nur so mittelmotiviert war. Er schüttelte den Kopf, bedeutete mir mit einer Geste, dass ich das Geld mal schön wieder einstecken könne. »Ich schick dir eine Rechnung.« Sollte mir recht sein. Er warf einen flüchtigen Blick auf die Scheine, bevor ich sie wieder in die Börse sortierte.

»Oder soll ich das als Anzahlung verstehen?«, nuschelte er und grinste mich blöd an.

»Warum Anzahlung?«

»Die Nachbearbeitung kostet auch.« Aha. Hatte er am Telefon aber nicht gesagt. So ein Idiot. Mein Hirn ratterte. Ich musste an Lotte denken. »Habt ihr nichts schriftlich ausgemacht?«, würde sie bestimmt als Erstes fragen. »Du musst solche Dinge schriftlich vereinbaren.« Wir hatten nur telefoniert. Dieser Penner. So ein Arschloch. Jetzt noch mehr Geld obendrauf?

»Ich konnte mit Müh und Not die vierhundert auftreiben«, sagte ich mit butterweicher Stimme, warf alle Prinzipien von feministischem Verhalten über Bord und sah ihn schuldbewusst, süß und wohl auch etwas verzweifelt an. Beeindruckte ihn wenig.

»Du kriegst bald Auftritte rein«, sagte er.

»Nein, Entschuldigung, ich –« Durchatmen, Martha. Nicht gleich wieder entschuldigen. Alles wird gut. Lotte würde jetzt bestimmt dazu aufrufen, sachlich zu bleiben. Der Ratio den Vorzug geben. Einatmen, ausatmen, denken. Nicht: heulen und handeln.

»Dann schick mir die Rechnung. Kann sie aber erst in einem Monat begleichen«, sagte ich und packte mein Zeug zusammen.

»Ich glaube, die gesetzliche Frist liegt bei zehn bis vierzehn Tagen«, merkte er an. Klugscheißer. War mir zu mühselig, da noch mal zu kontern.

»Du schickst mir alles, ja?«, sagte ich. Er wischte sich über den Schnäuzer und hatte längst begonnen, in seinem Smartphone zu scrollen. Was sollte man sich auch die Mühe machen, einer Kundin in die Augen zu sehen.

»Ich will die Aufnahmen morgen haben.« Ich war nicht mehr nett. Wer hatte uns Frauen beigebracht, immer nett sein zu müssen.

»Du, sorry«, sagte Thomas. »Die Aufnahmen verschick ich immer erst, wenn die Rechnung bezahlt ist.« Du, sorry. Fick dich fick dich fick dich. Dachte ich, sagte nichts und zog die Tür unsanft hinter mir zu.

Wenig später stand ich am U-Bahngleis und war todmüde. Vollkommen erschöpft von der Session und von der Wutattacke. Dass ich an so einen Idioten geraten musste. Ich wollte nur nach Hause. Mich ins Bett legen. Gäbe es Emil nicht, würde ich jetzt genau das tun, dachte ich und schämte mich sofort für diesen Gedanken. Ich gähnte und sah auf die Uhr. Ich wartete schon viel zu lange. Eine Ansage am Bahnsteig verkündete, dass die U-Bahn ganz ausfiele, ein Ersatzverkehr mit Bussen war eingerichtet worden. Menschen mit herabhängenden Köpfen setzten sich in Bewegung. Aus ihren Augenwinkeln blitzte Sehnsucht auf, Sehnsucht nach dem Feierabend, Handys wurden gezückt, Entschuldigungen und Erklärungen in Displays getextet oder gesprochen, dass und warum Verspätungen eintreten würden. Als ich schon zwei Busstationen unterwegs war, fiel mir ein, dass ich mit dem Fahrrad ins Tonstudio gefahren war. Verflucht. Seit wann war ich so zerstreut. Ich hatte das Gefühl, nichts mehr gebacken zu bekommen. Schlagartig wurde mir heiß und kalt, und die Wut über diesen Nichtsnutz von Toningenieur stieg wieder auf. Mir stiegen Tränen in die Augen, dabei wusste ich, dass es sinnlos war, sich jetzt wie ein kleines Kind aufzuführen. Ich wischte so schnell es ging alle Gedanken an meine Tonaufnahmen weg und legte einen inneren Schalter um. Ich musste pragmatisch sein. Bei der ersten Haltestelle stieg ich aus und rannte zurück zum Tonstudio. Natürlich bekam ich den Weg aus dem Kopf nur so halb zusammen. Google Maps half, bis der Akku fast tot war. Das Schwitzen ging wieder los. Nicht heulen, Martha. Ich hasste es, wenn der blaue Punkt sich so zäh, langsam in Bewegung setzte. Sollte ich da jetzt rechts rein oder nicht? Oh Gott, ich war viel zu spät dran. Viel zu spät. Warum war ich nicht einfach weiter Bus gefahren. Das Fahrrad war doch scheißegal. Das hätte ich doch auch morgen holen können. Ich hatte das Gefühl, dass Passanten mich anstarrten. Als sei ich eine Irre, eine Obdachlose. Ich hatte mein Leben nicht im Griff. Tränen flossen über mein Gesicht, ich schwitzte und rannte so schnell wie ich lange nicht mehr gerannt war. Gott sei Dank, da war das Fachwerkhaus, hinter dem das Tonstudio lag. Du schaffst das, Martha. Einfach nicht aufgeben. Du hast dein Leben nicht im Griff und Emils schon gar nicht. In zwanzig Minuten müsste er abgeholt werden. Niemals würde ich das schaffen. Dennoch geschah in den nächsten Minuten etwas, das noch nie in meinem Leben geschehen war. Vielleicht einmal als ich nach einer durchgefeierten Nacht einen Blackout gehabt hatte. Aber auch das war – anders gewesen. Ich war buchstäblich paralysiert. Handlungsunfähig. Meine Beine rannten einfach weiter, ich lief und lief, aber war wie fremdgesteuert dabei. Konnte keinen klaren Gedanken fassen. Sollte ich noch mal zu Thomas zurück? Ihn anschreien? Bedrohen? Oder mein Kind abholen. Das fragte ich mich tatsächlich. Was für eine unsinnige, vollkommen unangebrachte, weltfremde Frage. Die sich nur ein labiler Mensch stellen konnte. Was war nur mit mir los? Ich sprintete, heulte und schwitzte. Bis ich bei meinem Fahrrad angekommen auf dem Asphalt zusammenbrach und realisierte, dass ich – die schlechteste Mutter aller Zeiten war. Dann endlich der Kurzschluss, meine Tränen versiegten von einer Sekunde auf die andere, ich öffnete das Schloss und stieg aufs Rad. Sobald ich in die nächste Straße eingebogen war, wählte ich Charlottes Nummer. Ich schämte mich so. Nach vielleicht hundertfünfzig zurückgelegten Metern stand plötzlich ein Polizist vor mir. Das hatte mir gerade noch gefehlt. Ich wusste gar nicht mehr, wie man mit Menschen in Uniform spricht, solange war das her gewesen, dass ich angehalten worden war. Ich nahm das Telefon vom Ohr und stieg ab.

»Guten Tag. Das gibt leider Bußgeld.«

»Was?« Ich sah ihn entgeistert an und riss mich zusammen. Ich wollte ihn anschreien, erwürgen, eine weitere Erniedrigung an diesem Tag würde ich nicht verkraften. Er zeigte auf mein Telefon.

»Telefonieren auf dem Fahrrad. Das kostet.« War mir egal, war alles ohnehin verloren heute. Ich schielte auf den Akku des verfluchten Telefons. Nur noch zwei Prozent. Ich hasste mein Leben.

CHARLOTTE

Meine Kollegin Emma tippte, ich telefonierte. Es war einer dieser Nachmittage, an denen nichts auf Anhieb klappte. Missverständnisse innerhalb der Firma, Fehlkommunikation nach außen, Hauptsache alles ganz schnell wieder glattbügeln. Den Hörer am Ohr blickte ich auf unsere ausgetrocknete Zimmerpflanze. Sah durch die Scheibe, draußen war es schwül und eine monsterhafte Wolke tanzte über Berlin. Den Termin, auf den ich den Klienten meines Chefs festnageln wollte, hatten entweder er oder wir schon zweimal verschoben. Manchmal erschien mir mein Job einfach nur sinnlos.

»Dann stimme ich das mit Herrn Hoffmann so ab und werde Ihnen schnellstmöglich Bescheid geben. 21.9. oder 3.10. Viel mehr Optionen bleiben uns nicht.

Herr Meinecke wird sich gegebenenfalls per Telefon dazuschalten. Aus –« Schnell Kalender checken.

»Kopenhagen, genau.« Die Sekretärin, die ich am Apparat hatte, ließ nicht locker. Ob dies und jenes möglich wäre. Ruhig atmete ich ein und aus. »Videokonferenz geht natürlich auch. Sagen Sie uns einfach rechtzeitig Bescheid, damit die Kollegen vom technischen Support das in die Wege leiten können. Wir freuen uns. Vielen Dank. Bis dahin.« Ach. Aufgelegt. Laaange ausgeatmet. Ich sprang vom Tisch auf, wohl so impulsiv, dass Emma erschrak, ich entschuldigte mich halbherzig dafür, sie aus der Konzentration gerissen zu haben und beschloss, die Zimmerpflanze zu gießen. Da klingelte mein privates Telefon. Eine Festnetznummer. Aha. Es war Emils Kita. Martha war nicht aufgekreuzt. Ob ich was wisse. Was war da wieder los. Mein Herz pochte. Ich machte mir Sorgen, dann stieg Wut in mir auf. Sie hatte bestimmt wieder was durcheinandergebracht. Die Erzieherin fragte, ob ich kommen könne. Der arme Emil schluchzte im Hintergrund. Oh Mann.

»Ja, aber haben Sie sie nicht erreicht?«

»Nein, Mailbox.« Gott, war die chaotisch. Verantwortungslos.

»Ich nehme ein Taxi und bin so schnell es geht bei Ihnen!« Ich tippte Emma auf die Schulter, sagte »Notfall« und auch, dass ich per Handy erreichbar sei, und jagte zur Tür raus.

Martha wollte zwar keine Details erzählen, aber sie erzählte. Sie zog den Rotz hoch. Klang erbärmlich. Psychischer Breakdown. Sie sprach »von diesem

Wichser Thomas« und dem Polizisten und dass Telefonieren auf dem Fahrrad ganze fünfundfünfzig Euro koste. Wie viel und lange sie geflucht hatte. Wegen Geld und wieder Geld. Sobald ich bei diesem Thema nachhaken wollte, wurde sie laut. Ich sei ja Teil des Problems. Puh. Bitte keine Grundsatzdebatte. Das hatte mir gerade noch gefehlt. Ich konnte über vieles gut streiten, aber nicht über Finanzielles. Nicht mit meiner Schwester. Sie war so weltfremd, wenn es um Geld ging. Weil sie so aufgelöst war, widersprach ich nicht, der Vorwurf aber schien mir doch krass zu sein.

»Ich bin abhängig von dir, Lotte. Total abhängig. Ist ja nett, dass ich ab und an den Kühlschrank füllen darf, aber ich zahl nicht mal Miete!« Hauptsache, sie kam nicht wieder auf die Idee, meine Putzfrau zu werden. Ich nahm sie in den Arm, ließ sie ein paar Takte schniefen und erklärte sachlich, dass ich als ihre Schwester für sie da sei. Und wenn ich für sie da war, indem ich ihr finanziell ein wenig aushalf, war ich es eben auf diese Weise. Emil schrie im Schlafzimmer. Ich bat Martha nicht, ich befahl ihr, auf der Couch liegen zu bleiben.

ACHTES KAPITEL

MARTHA

Ich beschloss, Thomas einfach nicht zu bezahlen. Er hatte mir ein paar böse E-Mails geschrieben, aber wir hatten vorab nichts Schriftliches vereinbart, also war die Sache schnell vom Tisch. Ich stand ohne Aufnahmen da, aber mein Wille, die Dinge jetzt schnell und richtig anzupacken, war nach meinem Zusammenbruch umso stärker. Meine Schwester hatte mir dreihundert Euro gegeben. Sie wollte es mir natürlich schenken, ich bestand auf Leihgabe, schließlich einigten wir uns darauf, dass ich ihr, sobald es möglich sein würde, zweihundert zurückzahlen würde. Von dem Geld kaufte ich mir ein hochwertiges Aufnahmegerät. An einem Sonntag übernahm Lotte Emil. Sie spielten auf einer Decke im Wohnzimmer, und sie brachte ihm telefonieren bei. Irgendwie süß. Sagte »Shanghai, Mailand, Toronto. Kann ich durchstellen, ja?« Er schien Spaß zu haben. Ich hörte beide kichern und freute mich, dass ich nicht vermisst wurde.

Ich hatte ein dickes schwarzes Moltontuch, das ich mal aus dem Theaterfundus in Weimar geklaut hatte, über das Bücherregal in meinem Zimmer und vor die Fenster gehängt. Alter Bühnenvorhang.

Eignete sich perfekt als Schallschutz. Das E-Piano war schon aufgestellt, samt Notenständer, nach ein paar Summ-Übungen war die Stimme warm. Ich probierte ein paar Dur- versus Moll-Varianten einer Nummer, fürchtete mich noch vor dem Moment, an dem ich die Aufnahmetaste am Gerät drücken würde. Dachte schließlich, Augen zu und durch, du hast nichts zu verlieren. Gleich würde Emil mich wieder brauchen. Und legte los. Das Teil war toll. Die ersten Nummern, die ich aufzeichnete, funktionierten, klangen nicht schlecht, aber irgendwie fehlte – das gewisse Etwas. Bei »Son of a Preacher Man« war ich in Höchstform. Ich war nicht ganz im Takt, hatte aber das Gefühl, dieses Versäumnis mit meinem Stimmvolumen gut übertünchen zu können. Ich wusste natürlich auch, was mein strengster und deshalb auch sehr geschätzter Prof an der Uni zu dieser Einstellung gesagt hätte, aber verdrängte den Gedanken an ihn schnell wieder.

Nicht mal zwei Tage später saß ich jenem Agenten, der mir einst zu Tonaufnahmen geraten hatte, gegenüber. Ich hatte ein gestreiftes Hemd angezogen und wollte auf Charlottes Rat hin dem maskulinen Touch, den es ausstrahlte durch einen grünen Rock entgegenwirken. Der Herr hatte monströse Kopfhörer aufgesetzt, wiegte den Kopf von rechts nach links, während er den Nummern lauschte, die ich bei meinem Selbstversuch aufgezeichnet hatte. Meine Kniekehlen füllten sich mit Schweiß. Ich nippte am Wasserglas, das er mir hingestellt hatte. Mir fiel auf, dass ich ihn schon eine Weile anstarrte, ihm, um genau zu sein, direkt ins Gesicht glotzte und beschloss, das mal sein zu lassen. Blickte in eine Ecke des Raums, die nichts Spannendes zu bieten hatte, aber vielleicht würde ich ja gleich Spinnweben entdecken oder Ähnliches. Er drückte die Stopptaste. Stand auf, ging in den hinteren Teil des schattigen Büros und sagte:

»Kaffee?«

Ich sagte: »Nein, danke.« Ich hasste es, dass mein Puls unnötig nach oben schnellte, wenn ich so nervös war, als hätte ich irgendwelche aufputschenden Substanzen zu mir genommen. Er brauchte eine Weile, bis er die Sorte Kaffee fand, die er haben wollte – die Auswahl war aber auch nicht mager. Er drückte alle Knöpfe, die gedrückt werden mussten, die Maschine mahlte, und er sah schließlich dem Kaffeestrahl zu, der in die Tasse strömte. Sah mich nicht an, sagte die ganze Zeit über – nichts. Jetzt schwitzte ich auch unter den Achseln. So richtig. Ich starrte Löcher in seinen Rücken. Ein Würfel Zucker plumpste in seinen Kaffee, mit langsamen Bewegungen rührte er in der Tasse, endlich drehte er sich wieder zu mir um, kam an den Tisch zurück, setzte sich hin, das dampfende Gebräu vor der Nase. Sah mich an, wollte aber noch immer nichts sagen. Folterknecht. Sag doch einfach, dass es Schrott ist. Ich kratzte mich am rechten Bein, einfach um irgendwas zu tun, nicht unbedingt, weil es juckte. Ich hielt diese Stille nicht mehr aus und sagte schließlich:

»Ich will einfach Geld verdienen.« Ganz vorsichtig nippte er am Kaffee, schlürfte, nahm ein paar große Schlucke hintereinander. Lächelte er? Wenn, dann sehr verhalten. Ich beschloss, einfach weiterzureden.

»Ich mache auch kleine Gigs.« Jetzt lächelte er! Doch. Eindeutig. Ließ die verdammte Kaffeetasse aus der Hand. Und machte endlich das Maul auf. Mein Herz raste.

»Du kannst mittelgroß anfangen.« Aaaaah. Was auch immer das hieß. Ich konnte anfangen. Hatte er das tatsächlich gesagt? Hoffentlich hörte er nicht, wie laut mein Herz raste. Hoffentlich kippte ich nicht gleich um. Wo anfangen? Wann? Ich strahlte und bat ihn höflich, ob er den Satz noch mal wiederholen könne. Er hörte nicht auf zu lächeln, wiederholte den Satz, und ich kippte fast vom Stuhl vor Freude.

CHARLOTTE

Martha war schon im Pyjama, ich nicht. Wir putzten uns die Zähne, ich beobachtete meine Schwester im Spiegel. Sie hatte neuerdings so einen weichen Gesichtsausdruck, gerade um die Wangen, so eine entspannte Aura umgab sie, irgendwas war anders. Ich dagegen sah einfach nur abgekämpft aus. Sie spülte den Mund, sagte:

»Schauen wir noch was zusammen?« Netflix, oder was? Dazu hatte ich keine Muße heute Abend. Ich schüttelte den Kopf und erklärte mit vollem Mund, ins Bett zu müssen, ganz, ganz schnell. Sie sah mich etwas überrascht an, ich spülte auch und wurde deutlicher:

»Ich hatte so einen Scheißtag. Ich mache Vertretung für eine Kollegin. Ihr Chef wollte, dass ich ihm super kurzfristig acht Fahrräder organisiere. Damit er mit seinen Klienten in der Mittagspause durch die City cruisen kann.« Sie verdrehte die Augen, wirkte aber auch etwas teilnahmslos. Wahrscheinlich überraschten sie die Absurditäten meines Jobs nicht sonderlich, zumal sie am Empfang einiges mitbekommen hatte in letzter Zeit. Nachdem sie sich das Gesicht gewaschen und abgetrocknet hatte, sagte sie:

»Was machst du am Wochenende?« Ich lachte.

»Endlich wieder auf meine Work-Life-Balance achten.«

»Was war das noch mal genau?« Meinte sie das ernst?

»Google es einfach.« Ganz konkret war mein Plan, mit Rebekka an die Ostsee zu fahren. Vor zwei Tagen hatte sie mich gefragt, und je länger ich darüber nachgedacht hatte – wenn ich eine freie Minute zum Nachdenken gehabt hatte –, desto mehr hatte ich mich mit der Idee angefreundet. In der Firma fand ich Rebekka manchmal ein wenig anstrengend, vor allem, wenn sie beim Lunch am Meeting Point so forsche Fragen stellte oder etwas viel Klatschpresse kommentierte, ohne selbst wirklich im Thema zu sein. Aber ich war wohl auch etwas streng in meinem Urteil, schließlich gab es Felder, auf denen sich nicht auszukennen schändlicher war. Martha sagte nur: »Hm.« War sie wieder beleidigt wegen irgendwas?

»Magst du mitkommen?«, fragte ich sie und spülte den Mund aus. Darum ging es nicht. Schnell kam ihr Problem ans Licht.

»Ich wollte dich fragen, ob du Emil nehmen kannst. Ich hab einen Job reinbekommen.« Aha.

»Was für einen Job?«

»Ist jetzt nicht das A-Trane, aber –«, sagte Martha. Da war ich gespannt. »Also. Ich soll auf so einer Tagung des Wirtschaftsministeriums Bluesnummern singen.«

»Ist doch cool!«, sagte ich und meinte es auch. Ich cremte mein Gesicht ein. Hielt meinem Schwesterherz den Tiegel vor die Nase. Sie tunkte mit einem Finger hinein, nahezu synchron bearbeiteten wir beide Stirn, Wangen und Kinn mit der fluffigen Paste.

»Es wären auch nur ein paar Stunden, die du Emil nehmen müsstest«, sagte sie. Ja, und. Worauf wollte sie hinaus. Ich hatte doch schon gesagt, dass ich wegfahren würde. Sorgfältig cremte und cremte ich, ließ sie zappeln, auf eine Reaktion meinerseits warten. Gar nicht unbedingt bewusst, ausnahmsweise war ich tatsächlich überfragt, was ich ihr antworten sollte.

»Ich fahr auf jeden Fall dahin«, sagte ich schließlich und versuchte dabei ganz sanft zu klingen. Dann schoss es mir plötzlich durch den Kopf, es schien so eine einfache Lösung und würde mir auch Spaß machen. Mein Herz hüpfte.

»Ich könnte Emil mitnehmen!«, rief ich. Ein ernüchternder Gedanke folgte, ich sagte: »Zumindest, wenn Rebekka nichts dagegen hat.« Marthas Reaktion ließ nicht lange auf sich warten und überraschte mich.

»Das ganze Wochenende?«

Ich konnte mir das Lachen nicht verkneifen: »Zwei ganze Tage.« Plötzlich hatte ich einen Knoten im Hals. Und wurde vom nächsten Gedanken erschüttert. Ich legte die Creme beiseite. Schluckte. Sagte:

»Traust du mir das nicht zu?« Martha schwieg eine Weile, schien auf der Hut zu sein, zu denken: ›Jetzt bloß nichts Falsches sagen.‹ Sie antwortete:

»Er war noch nie so lange getrennt von mir.«

MARTHA

Ja, doch, ich war nervös. Ich stand am Rand einer kleinen Bühne, die auf dem Tempodrom-Gelände aufgebaut war. Ich hatte viel roten Lippenstift aufgetragen – vielleicht zu viel? – und trug ein sehr enges Kleid, dessen Dekolleté mit glitzernden Steinen besetzt war. Ich lächelte und hatte das Gefühl, sehr steif auszusehen. Zwei Typen stellten sich zu mir. Der eine entpuppte sich als Bassist, der andere als Schlagzeuger. Wir gaben uns die Hand.

»David, Hallo.«

»Martha«.

»Hi, I'm Pete.« Pete war sexy, David wirkte nerdig.

»Dort findet der Spaß dann statt«, erklärte er und zeigte auf die Bühne. Pete und er trugen ihre Instrumente auf das kleine Podest. Richteten alles ein, während ich etwas ratlos herumstand. Pete zwinkerte mir zu. Wie süß! Trotzdem war ich nervös. Jetzt erst recht. Wegen des bevorstehenden Auftritts und wegen des Flirts. Ich musste schnell mal aufs Klo.

Ich stand vor dem Spiegel und begutachtete mein Outfit, heute Morgen war ich gar nicht dazu gekommen. Ich zog am unteren Saum, das Kleid schien mir doch zu kurz zu sein, der Ausschnitt nervte auch, die Steinchen dran waren schön und gut, aber meine Brüste waren eingequetscht. Wie zwei Tomaten. Ich steckte den Zeige- und den Mittelfinger der rechten Hand in den Ausschnitt, schob sie zwischen Naht und Brustfleisch – es gelang nicht ohne Krampf. Dieses Kleid war offensichtlich zu eng!!! Ich konnte kaum atmen. Hinter mir öffnete sich eine Toilettentür, heraus kam eine stark geschminkte ältere Dame. Die nicht unsympathisch wirkte. Sie wusch sich die Hände und bemerkte meine Bemühungen, mit meinem Outfit klarzukommen. Sie konnte sich ein Schmunzeln nicht verkneifen und sagte schließlich:

»Zu klein gekauft?« In sachlichem Tonfall erklärte ich, dass es meiner Schwester gehörte, und fügte hinzu:

»Sie hat einfach den besseren Style.« Ich glaube, ich sah etwas verzweifelt aus, auf jeden Fall konnte ich Mitleid erhaschen in den Augen der fremden Frau, sie sagte:

»Es steht Ihnen. Aber zu klein ist zu klein.«

»Ich muss gleich singen.« Sie stellte sich hinter mich, kam näher, bald würde ich ihren Atem in meinem Nacken spüren.

»Darf ich«, sagte sie, ich ahnte, was sie vorhatte, ihr Parfüm roch nicht gerade dezent, sie war mir aber nach wie vor sympathisch, also nickte ich und ließ sie den Reißverschluss öffnen. Laut atmete ich auf. Praktisch ein kleiner Orgasmus. Wir mussten beide lachen. Nun legte ich richtig los, packte meine Brüste, verschaffte mir so viel Raum, wie es nur ging, drückte und schob die Dinger von links nach rechts, bis sie fast heraussprangen. Sie mussten ordentlich positioniert werden. Ich bat die fremde Frau, den Reißverschluss wieder zuzuziehen, aber eben nicht ganz, das Kleid bitte, bitte einfach einen Zentimeter tiefer als von den Machern vorgesehen als geschlossen zu betrachten, und kramte in meiner Handtasche. Zum Glück hatte ich dieses Tuch dabei, einen zitronengelben Schal, den mir eine Weimarer Freundin letztes Jahr geschenkt hatte. Mir blieb nichts anderes übrig, als zu improvisieren. Ich legte das Tuch so um, dass es den Reißverschluss verdeckte. Verdammte Scheiße. Das Teil drohte trotzdem runterzurutschen, es saß nicht mehr so gut wie vorher. Ich konnte unmöglich singen, wenn sie den Zipper wieder zuzog! Jetzt wurde die fremde Frau zu einer Freundin. Wortlos nahm sie eine kleine Brosche ab, die im Stoff ihrer Umhängetasche steckte, und drückte die Nadel der Brosche in den Stoff meines Kleides. Ich testete den Halt des Kleids am Körper, da flutschte gar nix raus und Luft bekam ich auch! »Vielen lieben Dank. Ich geb sie Ihnen danach zurück!«, sagte ich. Die Dame lächelte und wünschte mir gutes Gelingen.

CHARLOTTE

Rebekka und ich waren im Ferienhaus eingetroffen. Es war altbacken eingerichtet, aber sehr sauber alles und irgendwie auch gemütlich, das war doch das Wichtigste. Seit wir in Berlin losgefahren waren, hatte ich nicht aufs Handy gesehen, war mit Autofahren, Emil und wieder Emil beschäftigt gewesen. Ich war jetzt schon ziemlich müde, dabei war es erst halb drei. Aber entspannt und gut gelaunt, und ich freute mich schon auf den Strandspaziergang später. Emil war auf meinen Rücken geschnallt, Rebekka half mir, den Verschluss am Tragetuch zu öffnen, euphorisch hob ich den kleinen Kerl in die Höhe, ihn endlich wieder von vorne begutachten zu können, tat gut. Er quengelte, brabbelte etwas von Keks. Schon seit ein paar Wochen sagte er erste Worte, »Banana«, »Kekkks« und »Rotte« gehörten zu seinem Repertoire. Rotte meinte Karotte, überhaupt war Essen ihm sehr wichtig. Ich flüsterte etwas Beruhigendes in sein Ohr, natürlich würde es noch dauern, bis ich all den Kram gefunden hatte, oh Mann, ich beeilte mich doch schon. Diese vielen Taschen, warum hatte ich so viel eingepackt für ein Wochenende? Da waren sie endlich, die Tupperware-Dosen mit dem begehrten Brei. Mein Telefon klingelte. Ich fasste es nicht, es war die Firma. Ich hielt Rebekka das Display vor die Nase, sie nahm es etwas lockerer, lachte und zuckte mit den Schultern, war ja auch nicht ihr Telefon. Emils Quengeln wurde lauter. Ich überlegte wirklich, tatsächlich, für eine Sekunde – nicht ranzugehen. Und ging ran. Eine Kollegin hatte eine Frage zu einem Projekt. Es fiel mir nicht schwer, kurzen Prozess zu machen. Wahrscheinlich war ich etwas grob, aber es war mir egal. Ein verfluchtes Mal wollte ich nicht für alle Welt erreichbar sein!

»Ich habe einen Tag Urlaub! Bea vertritt mich.« Bea, die wahrscheinlich mal wieder rauchen war oder nicht am Platz, weil sie sich am Meeting Point mit dem Berater aus Amsterdam verquatschte, mit dem, den sie so scharf fand und von dem sie mir letzte Woche erzählt hatte, dass er Berlin bald wieder mit seiner Anwesenheit beehren würde. Meine Fähigkeit zur Selbstreflexion war mir noch nicht ganz abhandengekommen, ich riss mich am Riemen, ich entschuldigte mich zwar nicht für meinen unfreundlichen Ton, wurde aber schlagartig weich, etwas reumütig. Und gab Auskunft.

»Ja, okay. Ich verstehe. Nein, das ist kein Transformationsprojekt. Das weiß ich aus dem Kopf. Okay. Ciao.« Als ich aufgelegt hatte, hoffte ich, dass Rebekka nicht gleich mit mir über Bea sprechen wollte, das machten wir oft und gerne zusammen, aber nicht jetzt, bitte, nicht im Urlaub. Emil war meine Rettung, der Knirps ließ gar keinen Raum für Erwachsenengespräche, er schrie nun förmlich nach Essen, ich wiegte ihn, nuschelte mit sanfter Stimme was von »Yummi Yummi« und öffnete eine Dose nach der anderen, gleich würde er zufrieden sein und die Welt ein wenig stiller. Genervt sah Rebekka auf ihr Telefon, surfte herum. Im Auto hatte sie meinen Neffen noch ganz niedlich gefunden. Ich erinnerte mich an einen Song, den Martha ihm immer vorsang und wagte tatsächlich den Versuch, die Melodie nachzuträllern. Ein großer, ja waghalsiger Versuch. Von klein auf war ich davon überzeugt gewesen, keinen Ton richtig zu treffen, ich sang weder unter der Dusche noch beim

Autofahren, ab und an summte ich zu Weihnachten und an Geburtstagen mit, wenn alle um mich den Herrn oder das Geburtstagskind priesen. Emil lachte, gluckste, yeah, was hatte ich da vollbracht, mit nur wenigen Tönen den Kleinen still zu kriegen. Stolz war ich und glücklich und suchte jetzt die Mikrowelle in diesem bescheidenen Ferienhaus.

»Gibt nur einen Backofen«, sagte Rebekka, den Blick noch immer starr auf ihr Display gerichtet.

»Ich mache das im Wasserbad warm«, beschloss ich und legte Emil auf seine Decke, die ich ruckzuck auf dem Boden ausgebreitet hatte. Da heulte er wieder. O mein Gott. Ich war nicht mehr so entspannt.

»Gleich gibt's Yummi Yummi«, lallte ich. Rebekka verdrehte die Augen, war es wegen Emils Geschrei oder wegen meiner Babysprache, wahrscheinlich beides, auch egal, war doch klar gewesen, dass ein Wochenendtrip mit Kind anders verlief als nur mit mir.

»Ich check schon mal den nächsten Supermarkt.« Ratlos sah sie Emil an, verzog das Gesicht, als er noch eine Terz lauter wurde. Etwas Seltsames geschah, von einer Sekunde auf die andere wurde es ganz ruhig in mir – der stillgelegte Orkan. Dieses Gefühl von »Ist ohnehin alles verloren, dann drück einfach die Stopptaste« machte sich breit. Innehalten und nichts tun. Und dann einen Schritt vor den nächsten setzen. Aber in Zeitlupe. Im Office hatte das auch oft geholfen. Ich blendete Emils Geschrei aus und öffnete in aller Seelenruhe sämtliche Küchenschränke. Einer hässlicher als der andere, rostrote Holzattrappe, wacklige Regale, zum Glück aber viele einsatzbereite Kochtöpfe.

»Ich geh dann mal einkaufen, ja«, brüllte Rebekka, um Emil zu übertönen. Mir war alles egal, ich wandte mich dem Wasserbad zu, irgendwann, spätestens wenn er die ersten Happen verschlungen hatte, würde mein Neffe verstummen und unser Kurzurlaub ein Fest werden.

MARTHA

Hier stand ich nun. Inmitten eines lang ersehnten Traums. War von einer Masse von Anzugträgern, Häppchen essenden Politikern, Managern und was weiß ich was für Typen umringt und sang. Es hatte ein paar Rhythmusprobleme und Verständnisschwierigkeiten gegeben, vor allem mit dem Bassisten, irgendwann aber war ich drin. Doch, ich war im Flow, ich sang immer mutiger und selbstbewusster. Letzteres redete ich mir jedenfalls ein. Ich performte Standards wie »Fly me to the moon« und »Girl from Ipanema«, wobei ich versuchte, meinem Umfeld zu suggerieren, dass mir das Spaß machte, ich in meinem Gesang Erfüllung fand und ich mich meine gesamte Ausbildung lang nur danach gesehnt hatte, Teil solcher Veranstaltungen zu sein. Veranstaltungen, auf denen, wie für meine Augen von hier oben deutlich zu erkennen war, hauptsächlich Smalltalk, Gedudel und Flirts die Atmosphäre beherrschten. Aber na ja. War doch ein Anfang, Martha. Vereinzelt hörten Menschen sogar zu, wiegten stumm ihre liebevoll gestalteten Frisuren im Takt oder auch ihre unter der Nachmittagssonne glänzenden Kahlköpfe. Für mich war es dennoch schwer, irgendeine Verbindung zu diesem Publikum aufzubauen. Die meisten sprachen viel zu laut, manche so laut, dass mein Song es nicht schaffte, sie zu übertönen. Sie quatschten, lachten und baggerten die Damen vom Catering an, während meine Stimme im Hintergrund zu versumpfen drohte. Da sah ich sie, die Frau, die mir netterweise auf der Toilette geholfen hatte. Ein Moment der Verbundenheit, eine Insel der Hoffnung inmitten trostloser Leere. Sah sie das auch so? Mit unserer Verbundenheit. Ich versuchte ihren Blick zu erhaschen, ein paar Akkorde lang in ihre Richtung zu singen, hatte aber null Erfolg. Auch sie schien kaum zuzuhören, kippte ihr Glas auf ex, grinste einem alten Sack ins Gesicht und schnappte sich so schnell sie konnte ein paar Happen Sushi vom Tablett eines vorbei düsenden Kellners. Essen, Sex und inhaltsleere Gespräche, das war wohl, was hier zählte. Die Musik diente als Beiwerk, war Dekoration, lief halt mal so nebenher.

CHARLOTTE

Mit der lang ersehnten Nahrung hatte ich Emil – wie erwartet – beruhigen können. Er war wie ausgewechselt. Lachte, hatte diesen Schalk in den Augen, summte und brabbelte fröhliches Zeug. Ob er Martha vermisste? Und wenn ja, wie würde sich das äußern? Er hatte heute nicht einmal »Mama« gesagt.

Dieses Wort gehörte aber bislang auch nicht zu seinem ständigen Vokabular. Anders als alles, das mit Essen zu tun hatte. Ich wickelte ihn auf dem großen Handtuch, das ich auf der Couch ausgebreitet hatte. Rebekka schloss die Tür auf, kam vom Einkaufen zurück, ich hoffte, dass ihre Laune sich verbessert hatte, bitte jetzt nicht das ganze akkurat geplante – freie! – Wochenende lang miese Stimmung verbreiten.

»Hallo«, sagte sie, seltsam neutral klingend. Wohl ein Versuch, um vorzufühlen, zu checken, wie ich mittlerweile so drauf war.

»Hallo«, sagte ich und sog an Emils Bauch, an dieser butterweichen Haut, ließ sie wieder los, pustete Luft in seinen Bauchnabel. Er liebte das. Kicherte und schrie vor Freude.

»Hallo«, sagte Emil. Ein deutliches, fast erwachsenes Hallo. Er brabbelte zurzeit alles nach. Mein süßer Emil. Rebekka und ich lachten. Ich vergrub meine Nase in seinem Bauch. Fast hätte ich vergessen, dass hier ein Task zu bewältigen war. Das Kind wollte gewickelt werden. Wir wollten ja auch noch an den Strand. Der Tag hatte nicht endlos viele Stunden. Ich schloss die Windel, kurz noch mal mit dem Zeigefinger rein fühlen, ob er auch genug Platz zum Atmen hatte. Hatte er. Tipptopp. Ich war zum Wickel-Profi mutiert, ich sah ihn jetzt an und lachte nicht mehr, ich freute mich darüber, wie gut wir miteinander auskamen und dachte wohl, du bist ja hübsch oder irgendwas anderes in der Richtung, als mich Rebekka vollkommen aus meinen Gedanken riss. In der hässlichen Einbauküche stand sie an die Spüle gelehnt, hatte die Einkäufe abgelegt, sie sah mich an, mich und Emil, wie wir unseren Spaß hatten und still geworden waren, und begutachtete die Szene. Sie sah weder skeptisch noch besonders liebevoll aus dabei, dennoch hatte es etwas Unheimliches, wie sie so dastand, uns beobachtete, für wie lange schon eigentlich? Ich wandte mich von Emil ab, sah sie an, lächelte verlegen, das war ich, glaube ich, noch nie vor Rebekka gewesen, also verlegen, wir waren Kolleginnen und Freundinnen, gute sogar, wir konnten gut zusammen lästern, aber auch miteinander ehrlich sein. Ein seltsamer Moment. Sie hatte mich in Verlegenheit gebracht! Etwas bemüht lächelte Rebbeka zurück, nickte Richtung Emil und sagte: »Du hättest auch gerne so eins, oder?«

MARTHA

Der Gig war überstanden. Ich hüpfte schon die Eingangstreppen des Tempodroms hinunter, David, der Bassist war gerade dabei, sein Instrument ins Auto zu laden, als er mich sah. Wohin ich jetzt müsse, wollte er wissen und bot kurzerhand an, mich zu fahren. Das freute mich. War mir doch lieber, als nach dieser einschlägigen, ja, doch etwas erniedrigenden Erfahrung mit der U-Bahn zu fahren. Bei näherem Hinsehen war mir David auch nicht mehr so nerdig erschienen. Er wirkte nett. Aufmerksam. Als wir über den Potsdamer Platz jagten, sagte er:

»Du hast eine Hammerstimme.« Ich bedankte mich leise. David wollte mehr wissen.

»Hast du eine klassische Ausbildung?«

»Nein, Jazzgesang.«

David sagte nichts.

»Leider abgebrochen.« Ich musste an Charlotte denken und dass sie mir an dieser Stelle bestimmt geraten hätte, dieses Detail – einfach – nicht – zu – erzählen. David erwiderte trocken:

»Kannst ja wieder anfangen.« Haha. Er hatte leicht reden. »Hast du keine eigene Band?«, fragte er.

»Nein.«

David schwieg ein Weilchen. Ich betrachtete Passanten und Fahrräder und den anbrechenden Sommer, der sich auf den Straßen breitgemacht hatte. In einem klitzekleinen Winkel meines Hinterkopfs erklang ein uralter Song von Miles Davis.

»Ich spiel in einer Jazzband. Komm doch mal zu den Proben«, sagte David. Jetzt war ich etwas blockiert. Zu viel Emotion, die sich aufstaute und meine Reaktionsfähigkeit bremste. Ein Glück, dass er einfach weitersprach. »Oder noch besser. Komm doch am Freitagabend einfach ins Donau.«

»Donau?«

»Donau115. In Neukölln. Ein super Ort. Klein, aber fein. Wir spielen Standards, aber eben für ein viel cooleres Publikum als das, was du heute erlebt hast.« Ich freute mich wie Sau. Wollte schreien und heulen vor Glück, konnte zugleich eine gewisse Skepsis nicht überwinden. Vielleicht verarschte er mich nur.

»Wir haben ja noch nie zusammen geprobt«, sagte ich.

»Ich hab doch grade deine Stimme gehört. Kannst du ein paar Standards?« Klar konnte ich welche. Viele sogar.

CHARLOTTE

Wir hatten Spaziergänge gemacht, sehr lange, über die Dünen, in die nächsten Dörfer hinein. Wir hatten gut gegessen, tagsüber vor allem Fischbrötchen, abends irgendwelche Ofengerichte, die Rebekka voller Inbrunst zubereitet hatte. Wir hatten nicht unbedingt viel geredet, weil Emil doch immer wieder dazwischengefunkt hatte, aber Rebekka schien es nicht zu stören. Abends, wenn Emil endlich eingeschlafen war, hatten wir uns hauptsächlich über die Firma unterhalten: welche Assistentin zu Hause mit welchen Problemen zu kämpfen hatte, welche Berater am Boden geblieben waren, trotz der Unsummen, die sie scheffelten, weil sie dieses Jahr Partner geworden waren. Ich war froh, dass sie nicht nach Christoph gefragt hatte, überhaupt waren Analysen und Spekulationen rund ums andere Geschlecht herrlich wenig zur Sprache gekommen. Ich wusste, dass Rebekka sich erst kürzlich auf einer Dating-Plattform angemeldet hatte, nach ein paar Fragen zum Swipe-Prinzip und den in meinen Augen etwas idiotischen Angaben, die man über sich selbst machen musste, wenn man ein Profil erstellte, war mein Interesse für das Thema schnell erlahmt. Es war der letzte Abend, ich hatte Emil gebadet, gewickelt und in seinen dottergelben Frotteepyjama gesteckt. Ich legte ihn schlafen und hoffte, dass er nicht schreien würde, sobald ich den Raum verließ. Gestern war es schwierig gewesen. Natürlich war er es gewohnt, von seiner Mama vorgelesen zu bekommen und nicht von mir. Martha hatte mir in Berlin noch mal ausführlich erklärt, wie sie das so mache jeden Abend. Zu viel Klammern des Kindes ließe sie gar nicht erst zu. Sehr selten passierte es ihr, mit Emil einzuschlafen, einfach weil sie so erschöpft vom Tag war. Irgendwann war ihr klar geworden, dass sie ihn auf gar keinen Fall darauf konditionieren dürfe, dass er in ihren Armen einschlief. Und so gab es ein wenig Vorlesen, Füße kraulen, Küsschen, Kuscheln und dann auch Tschüss und Gute Nacht, die Tür bleibt einen Spalt offen, aber Mama geht einen Raum weiter ihrer Wege. So sollte bitte auch die Tante verfahren. Gelang ihr aber nur so halb. Gestern war ich schnell zu ihm zurückgekehrt und war auch bei ihm geblieben, nachdem ich gesehen hatte, dass Rebekka ohnehin glücklich in ein Buch vertieft war. Und ja, ich hatte es genossen, mit ihm zu kuscheln und schließlich mit ihm zusammen einzuschlafen. Heute Abend, am letzten unseres Wochenendtrips, wollte ich aber doch ein Glas Wein mit meiner Freundin trinken, das würde ich mir nicht nehmen lassen, so sehr mein Neffe mit seinen zarten Händchen und seinem Schmollblick mein Herz erweichen wollte. Ich klappte das Gummibuch mit dem lustigen Frosch, der sich in der Wüste verirrt hatte und das Wasser sehr vermisste, zu und kraulte ihn am Köpfchen. Am meisten liebte ich sein flauschiges Haar, das seit wenigen Wochen angefangen hatte, Löckchen zu bilden. Er murmelte etwas. »Ich hab dich lieb«, flüsterte ich. Vielleicht sollte ich ihm etwas vorsingen wie seine Mutter, zumindest etwas summen. Aber es war einfach nicht meins. Das Musikalische. Ach Emil, du süßes Geschöpf. Ich strich über seine Wange. Diese Haut. Babyhaut machte wirklich süchtig. Warum wurde man überhaupt erwachsen. Alt. Ich erwischte mich bei dem Gedanken, doch hierbleiben zu wollen. Einfach mit ihm einschlafen. War so gemütlich hier. Warum wollten Mütter überhaupt selbstbestimmt sein. War doch manchmal so angenehm, fremdbestimmt zu sein. Mein süßer Neffe. Hast du mich auch lieb? Jetzt nicht heulen, Lotte. Du bist einfach kurz in den Affektmodus verfallen. Hatte Rebekka recht gehabt mit ihrem blöden Spruch? Wollte ich wirklich – um jeden Preis – ein Kind? Was hieß das überhaupt? Warum hatte ich Christoph nicht schon früher in unserer Beziehung die Baby-Gretchen-Frage gestellt. Weil ich zu emanzipiert dazu war? War ja schon dreiunddreißig gewesen, als wir zusammengekommen waren. Ich blöde Kuh. Da holte mich alles ein. Ich schob Emil einen Schnuller in den Mund und wischte ihm noch einmal über die Stirn. Ging zur Tür und ignorierte sein Jammern. Lief dann wieder zu ihm und nahm ein paar Tierfiguren aus der Spielekiste. Zeigte ihm all die Tiere. Er gluckste vor Freude und starrte den Elefanten an. Lutschte am Geparden. Ich versuchte mich im Tierlaute-Nachäffen. Der Wein konnte warten. Ich war längst weich geworden. Mann, waren diese Augen grün. Ich konnte mich nicht sattsehen. Schon interessant. Marthas waren braun. Ich gähnte laut. Wandelte mein Gähnen in das Knurren des Geparden um. Emil fuhr durch mein Haar. Bald würde ich einschlafen. Ach, das war schön. Rebekka war mir hoffentlich nicht böse. Und wenn doch, war es mir ein wenig egal.

NEUNTES KAPITEL

CHARLOTTE

Ich hatte Emil vor den Bauch geschnallt und schwitzte. Schwitzte wie schon lange nicht mehr. Vorne das Kind, hinten der monströse Rucksack. Wie viel man einpacken konnte für ein Wochenende. Na ja. Nächstes Mal würde ich es bestimmt wieder genauso machen. Rebekka hatte uns bis vor die Tür gefahren und bis zum Schluss beteuert, dass es sehr schön gewesen sei, ja, trotz der Gesellschaft meines Neffen. Dem süßen kleinen Kompagnon. Als wir zur Tür reinkamen, war Martha busy. Räumte rum, wirkte zerstreut. Strahlte über das ganze Gesicht, als sie uns erblickte, und ließ alles stehen und liegen. Noch vor dem »Hallo« hagelte es allerdings Vorwürfe.

»Ich hab versucht, dich zu erreichen.« Das Telefon lag im Rucksack und war auf lautlos gestellt gewesen, meine Güte. Ich hatte auch mal Urlaub machen wollen.

»Solltet ihr nicht früher da sein? Gab es einen Stau?« Ich kam nicht dazu, auf all ihre ohnehin eher rhetorischen Fragen zu antworten. Sie riss mir das Kind aus den Armen. Verhedderte sich in den Schnüren am Tragetuch. Geduld, Geduld, Schwesterherz, gleich darfst du ihn in die Arme schließen. »Hallo, hallo, hallo«, rief sie euphorisch und drückte ihn an sich.

»Hallo Mama«, sagte Emil. Dem Kleinen war ich jetzt auch egal. Sie machten es sich auf der Couch gemütlich, während ich damit beschäftigt war, alle Urlaubsutensilien abzuladen und die Tuchschlingen zu entwirren. Erschöpft knallte ich mich neben die beiden.

»War es schön?«, fragte Martha.

»Ja. Doch«, sagte ich. Ich kraulte Emil am Bauch. Mein süßer kleiner Neffe. War so gut drauf gewesen heute, praktisch seit er aufgewacht war, und hatte die gute Laune bis auf wenige Ausnahmen auch während der Fahrt beibehalten. Er kicherte. Es war unser Spiel. Na, noch doller. Soll ich doller kraulen?

»Wir haben uns gut verstanden«, erklärte ich Martha. Sie stand auf, griff neben der Couch zur Tasche mit den Windeln, legte Emil auf unserer improvisierten Wickelablage aus pinkfarbenem Plastik auf dem Fußboden ab. Hatte er schon wieder gekackt? Ich roch nichts.

»Ich kann das auch machen«, rief ich.

»Warst doch lange genug Ersatzmama«, konterte meine Schwester. Du liebe Güte. Es war mir so rausgerutscht. Aus einem Impuls heraus. Ich wollte doch nur helfen. Ich schluckte. Ging in die Küche. Ich brauchte nun ein sehr großes Glas mit Orangensaft. Ich versuchte schon, mich zusammenzureißen, konnte ein leises Stöhnen dennoch nicht verbergen. Immer deutlicher dämmerte es mir, wie taktlos sie mal wieder gewesen war.

»Was hast du denn«, sagte Martha. Der Saft schmeckte. Ich hasste sie. Besser gleich den Raum verlassen?

»Keine Ahnung«, sagte ich. »Ich spiele immer die zweite Geige. Aushelfen geht immer, aber mich wirklich zu involvieren – darauf hast du keine Lust. Ist dir zu blöd. Zu anstrengend. Was weiß ich.« Das war nur ein sehr kleiner Teil der Wahrheit.

»Überhaupt nicht«, sagte sie, während sie Emils Hintern bearbeitete, mit ihm herumalberte. Er hatte nicht gekackt, ha, meine Einschätzung war richtig gewesen, er hatte ja bereits auf der Fahrt schon mal, was Rebekka und mir den Halt an dieser heruntergekommenen Raststätte nicht erspart hatte. Ich beschloss, sachlich zu bleiben und sagte:

»Ich helfe dir gern mit Emil.« Nicht mehr und nicht weniger. Ich war für sie da. Für ihn da. Ich mochte meinen Neffen. Sie schwieg lange. Klebte die Windel zu und überließ den Knirps sich selbst, er wuselte durch das Wohnzimmer. Sie streifte mich im Vorbeigehen, als sie an den Kühlschrank ging, um Mineralwasser rauszuholen. Sie schenkte sich ein, sie trank und trank, mied meinen Blick. Wir standen jetzt in der amerikanischen Küche am Tresen. Als sie ausgetrunken hatte, legte sie ihre Hand auf meine und zwang mich, sie anzusehen.

»Charlotte«, sagte Martha. Ich wusste, dass es sonst immer meine Rolle war, sie in strengem Tonfall beim Vornamen zu nennen, damit einzuleiten, dass das, was folgen sollte, auch wirklich wirklich wichtig sein würde. Es fiel mir schwer, ihr in die Augen zu sehen. Aber sie war meine Schwester. Ich hielt ihrem Blick stand, während sie weitersprach.

»Ich muss mein Leben auf die Reihe kriegen. Ich bin dir unendlich dankbar. Dafür, dass du mir mit Emil hilfst. Aber er ist immer noch mein Sohn.« Ich wollte noch mehr Orangensaft, ich brauchte ihn, aber das Glas war längst leer. Ich kämpfte mit den Tränen und verschwand auf mein Zimmer.

Mitten in der Nacht klopfte Martha an meine Tür.

»Was ist«, brabbelte ich im Halbschlaf.

»Kann ich bei dir schlafen? Ich hab schlecht geträumt«, sagte sie und wollte ganz kindlich klingen dabei. Ich war verletzt, wütend – all das ganz stark und noch immer, seit heute Nachmittag – und konnte mich dennoch nicht dazu aufraffen, sie wegzuschicken.

»Ich will aber weiterschlafen, ja. Bitte nicht quatschen«, ließ ich sie wissen und rutschte zur Seite.

»Ja, gut«, sagte sie, packte sich neben mich, und wie ferngesteuert legte ich meinen Arm um sie. Ich rückte nicht näher an ihren Körper, hatte aber das Bedürfnis, meinen Arm da liegen zu lassen. Genauso. Etwas ungelenk ruhte er auf ihrem Rücken und unter ihrer Brust. Als Kinder hatten wir oft genauso zusammen geschlafen. Emils Geschrei tönte aus Marthas Zimmer. Sie stand auf. Kam mit ihm auf dem Arm wieder. Sie legte den Kleinen zwischen uns. Irgendwann schliefen wir alle drei.

Eine Woche später hatte Martha wieder einen Auftritt. Ich freute mich schon darauf, Emil was vorzulesen, Tee zu trinken und die Zeitung zu lesen. Den Computer würde ich, sobald er eingeschlafen war, einfach nicht mehr aufklappen. Um halb sieben tippte ich eine letzte E-Mail, als mein Neffe mich aus der Konzentration riss. Er spielte im Laufstall, den ich ihm erst kürzlich gekauft hatte. Wir ließen ihn nie länger als zwanzig Minuten da drin, ich hatte irgendwo aufgeschnappt, dass sich das Kind, sobald es einen starken Bewegungsdrang entwickelt hatte – und Emil konnte ja nun schon laufen –, eingesperrt fühlen könnte. Er wollte meine Aufmerksamkeit und bekam sie auch, schnell drückte ich auf »Senden« und hüpfte zum Laufstall, imitierte Schweine und Kühe, das mochte er am liebsten, dann spielten wir ein wenig »Geschäftspartner anrufen« mit dem gelb-grünen Plastiktelefon. Lauthals rief Martha mich zu sich ins Badezimmer, ich vertröstete den Neffen auf später und ging zu ihr. Sie hatte ein violettes Kleid angezogen, das ihr ausgezeichnet stand, wenn der Stoff auch etwas Billiges hatte für meinen Geschmack. Für die Neuköllner Künstlerszene, die sie heute mit ihrem Gesang beehren würde, passte es bestimmt gut. Sie brauchte meine Hilfe beim Schließen ihrer Perlenkette. Meine Schwester sah wirklich schön aus, und das sagte ich ihr auch. Etwas förmlich bedankte sie sich, die Kette kam mir bekannt vor, ich fragte, ob es die von unserer Oma sei.

»Ja. Sieht doof aus? Ist bisschen altbacken, oder.« Sie fragte es so, als würde sie schon hören wollen, dass es so sei, das machte sie oft, die implizierte Verunsicherung gleich mitschicken, dann fühlte man sich besonders wohl, wenn man ihr antwortete.

»Nein, gar nicht«, sagte ich, um Anteilnahme bemüht und fragte, ob sie aufgeregt sei.

»Schon ein bisschen«, sagte Martha. »Aber ich hab ja geübt.«

»Was ist das noch mal für ein Schuppen?«

»Kein großer, dafür aber nicht unbekannt.« Ich erzählte ihr, wie lustig Emil sei, wenn er Telefonieren spielte. Sie nahm es kühl zur Kenntnis, lächelte nicht mal und fragte, ob ich alles gefunden hätte, was sie neben seine Wickeltasche gestellt habe. Ich nickte.

»Super. Er wird es schon mitmachen. Bin ja auch vor Mitternacht zurück.« Das fand ich jetzt nicht so eine gute Idee, dass sie nicht länger bleiben wollte, es war doch wichtig, in der Szene, mit allen noch einen drauf zu machen. Was meinte sie außerdem mit »wird er schon mitmachen«. Wir waren schon oft länger allein gewesen. Ausnahmsweise hielt ich meine Klappe. Martha war mit dem Eyeliner beschäftigt, ihre Hand bemühte sich darum, nicht zu zittern, während sie über das Lid fuhr. Fast wollte ich wieder umdrehen, Emil hatte bestimmt schon Sehnsucht, da sagte sie:

»Lotte?«

»Ja?«

»Ich wollte dir noch was sagen.« Aha. »Ich werde mir ein WG-Zimmer suchen.« Interessant.

»Das kannst du dir doch nicht ...«

»Leisten?«, sagte sie. »Doch. Ich habe alles durchgerechnet. Kommen immer mehr Auftritte rein jetzt. Und ich habe endlich diesen Wisch rausgeschickt. Beantrage Unterhaltsvorschuss.« Ungläubig sah ich sie an. »Ob du es glaubst oder nicht, aber ich kann seit einigen Wochen mit Niklas an einem Tisch sitzen und Dinge besprechen, ohne dass wir uns anschreien.« Ich riss mich zusammen, um nicht in schallendes Gelächter auszubrechen. Erklärte stattdessen leise:

»Das heißt doch noch lange nicht, dass er zahlen wird.« Martha werkelte an ihrem rechten Auge.

»Er wird zahlen. Wenn ich ihn nicht dazu bringe, dann das Jugendamt, das ist nämlich auch schon informiert.« Stille.

»Und falls du meinen Plan B hören willst. Wenn keine Auftritte reinkommen, werde ich an der Musikschule Stunden geben. Wie alle gescheiterten Musiker.« Mir fehlten die Worte. »Ich werd ja nicht obdachlos, oder so!« Das vielleicht nicht, aber ... Ich war immer noch sprachlos. WG. Warum. Wir hatten es doch so schön hier. Sie redete einfach weiter, nachdem sie Lippenstift aufgetragen hatte. »Ronja hat von einer WG im Wedding erzählt, die –«

»Du willst doch nicht in den Wedding ziehen!« Ich fand den Wedding gar nicht so schlimm, aber es war einfach aus mir rausgeplatzt. Sie wusch sich die Hände. Griff wieder zum Eyeliner. »Nimm doch meinen Eyeliner«, sagte ich. Fast wäre ich laut geworden. Sie machte mich aggressiv. Es hatte wohl wie eine Drohung geklungen, denn sie schreckte ein wenig zurück, und blieb erst recht bei ihren Schminkutensilien. Ich atmete tief durch, schluckte die Tränen, die aufzusteigen drohten. Und fand schließlich die richtigen Worte: »Du willst das echt alleine durchziehen?« Martha schluckte.

»Wie sollte man das Alleinerziehend-Sein anders durchziehen als alleine?«, sagte meine kleine Schwester und klang schlagartig ganz alt und weise. Ich seufzte. Atmete ein. Aus. Sollte ich einfach schnell zu Emil rennen? Besser in mein Zimmer? Ich war traurig. Zugleich wütend. Wollte sie mir jetzt die Welt erklären? Ich sah sie an. Begutachtete ihr schönes zartes Gesicht. Die helle Haut. Etwas hielt mich davon ab, zu flüchten. Ich griff zu meinem Rouge-Pinsel. Tunkte damit in den roten Puder. Sie schien etwas irritiert, ließ dennoch alles geschehen. Mit einer Hand packte ich ihr Kinn, nahm ihr Gesicht in meine Hände, ein wenig wie Liebende es tun, bevor – sie sich trennen. Mir war zum Heulen. So richtig. Ich würde das aber zu Ende bringen. Ich sah meiner lieben, einzigen Schwester in die Augen, hielt ihr Gesicht und malte langsam und präzise zunächst ihre rechte, dann ihre linke Wange an. Ihre Wangen glänzten schön rot. Ich wünschte ihr in Gedanken einen glamourösen Auftritt und sagte nichts. Wir schwiegen uns an. Ich meinte zu erkennen, dass sich in ihren Augenwinkeln Tränen angesammelt hatten, zugleich sah sie so stolz aus. Tough und stolz war meine kleine Schwester und – wohl nicht mehr so klein.

Als ich aufhörte, sie mit dem Pinsel zu belästigen, wich sie ein Stück zurück, um mich noch einmal lange anzusehen. Und mich schließlich in die Arme zu nehmen.

»Wir kommen dich oft besuchen«, flüsterte sie. Das war doch nicht das Gleiche! Rotz und Tränen strömten über mein Gesicht.

»Ich hab Emil so lieb«, schluchzte ich, um irgendwas zu sagen. Ich wollte noch viel mehr sagen. Wie lieb ich sie hatte und uns drei und das alles, aber das viele Reden brachte jetzt auch nichts. Ich löste mich aus der Umarmung und stürmte aus dem Badezimmer. Ich musste schnell runterkommen, mir mein Gesicht waschen und durchatmen. Heute Abend musste ich für Emil da sein.

MARTHA

Zum Glück hatte ich es rechtzeitig zum Soundcheck geschafft. Der Raum war viel größer als erwartet, kleine Bühne, aber doch von einigen Tischen umgeben. Alles in klassischem Schwarz gehalten. Auch die Stühle. Schön, gemütlich. Gediegenes Ambiente. War irgendwie mehr Mitte als Kreuzberg hier, mir war alles gleich, Hauptsache, jemand hörte zu. Bei der sich immer deutlicher herauskristallisierenden Vorstellung all der Ohren, die gleich meinen Songs lauschen würden, stieg mein Puls, floss der Schweiß, bekam ich eine trockene Kehle. Einatmen, ausatmen, Martha. Du bist schließlich gut vorbereitet. An einem Tisch hatte eine Gruppe Mittdreißiger Platz genommen, die meisten anderen Gäste waren über fünfzig. »Sie haben mir ja neulich diesen netten Schützling angeboten«, sagte ein Herr, der wie ein Professor aussah, zu seiner Sitznachbarin. »Na, der, der fünfsaitige Bratsche spielt. Der ist auf jeden Fall begabt. Aber wie war das gemeint? Als Bewerbung, oder?« O

Gott, o Gott, hier saßen echte Profis im Publikum. »Also, ich hab mir seine CD angehört, das ist interessant, aber ...« Es wurde viel gequatscht, Getränkebestellungen an junge, elegant gekleidete Kellnerinnen mit roten Lippen abgegeben. David, der Bassist, stand bereits neben mir. Flüsterte mir was ins Ohr. Technikkram. Ablauf. Wir hatten ein paarmal telefoniert. Er roch gut. Ich wurde nervös, weil er so nah an mich rangekommen war, wippte von einem Bein auf das andere. Lächelte ihm zu. Er verschwand wieder hinter seinem Kontrabass, ein schlaksiger Typ tippte ihm auf die Schulter, David zwinkerte mir zu. Würde wohl gleich losgehen. Schweiß. Heiß. Einatmen, ausatmen. Einfach an die ersten Töne denken. Sie nur denken, nicht singen wollen. Der Typ fummelte an dem Mikro. Er fing an zu sprechen. »Guten Abend. Wir bedanken uns herzlich. Jetzt schon. Dass Sie so zahlreich erschienen sind. Wir hoffen, dass Sie auch bleiben.« Es wurde gelacht. Ich wusste, dass das eine Masche war, downsizen kam meistens gut an, trockener Humor und so, ich wurde trotzdem nicht ganz warm mit dem Typen, dem großen schlanken Mann, seine Art schien mir gewöhnungsbedürftig. Er hatte sich vom Mikro abgewandt, da fiel ihm noch was ein. »Ach ja. Es ist ein Improvisationsabend. Vielen Dank. Und viel Vergnügen.« Witzig, witzig. Ein Teil des Publikums klatschte. Der Typ stand reglos da, zog das Mikro näher zu sich. »Ach, und, präpariertes Klavier ist hier normalerweise nicht erlaubt. Heute unter Umständen schon.« Insiderwitz. Schon klar. Den würde doch keiner verstehen. Oder ich war hier an

Insider-Publikum geraten. O Gott, o Gott. Ein paar Jazzkenner lachten. Er räusperte, verbeugte sich. Überließ das Mikro seinem Schicksal und verschwand hinter dem Flügel. Der schlaksige Typ war also der Pianist. Er streckte einen Arm weit aus, winkte David und mich zu sich. Breites Klatschen. Mein Herz raste. Ich betrat die Bühne, stellte mich hinter das Mikro, David stellte sich hinter seinen Kontrabass. Meine Wangen waren glühend heiß. Meine Augen kämpften mit dem grellen Scheinwerferlicht. Ich hielt mir die Hand vors Gesicht, versuchte mich vor der Blendung zu schützen. Ein unsichtbarer Held hatte wohl mein Leid bemerkt, denn plötzlich wurde das Licht gedimmt. Ich lächelte, mir wurde vor Dankbarkeit ganz schwindlig. Ich sollte jetzt mal was mit diesem Mikro machen. Vielleicht einfach reinsprechen für den Anfang. Mann, war ich nervös. Ich schraubte am Mikrofonständer herum. War mir nicht ganz sicher, ob es richtig eingestellt war. Die Höhe und überhaupt. War ja um einiges kleiner als der Pianist.

Es dauerte lange, wohl etwas zu lange, bis ich mit meinem Gefummel fertig war. Mir blieb nichts anderes übrig, als verlegen zu lächeln, ich sah bestimmt blöd und verloren aus, wie so ein dummes Schaf mit roten Wangen kam ich mir vor, gleich würden meine Arme und Beine anfangen zu zittern oder irgendwas anderes in mir überschnappen, außer Kontrolle geraten. Plötzlich stand David neben mir. Mir war vollkommen entgangen, dass er sich vom Kontrabass in meine Richtung aufgemacht hatte. Mit wenigen Handgriffen schraubte er das Mikro tiefer.

»Danke«, sagte ich leise und sah zum Pianisten. Ich wusste, es war wichtig, ihn zu mögen, etwas Wärme für ihn aufzubringen, bevor wir alle zusammen performen würden. Einatmen, ausatmen.

»Ich freue mich, hier zu sein!«, sagte ich. Ich drehte mich zum Pianisten.

»Wir spielen nun. ›Ain't Got No – I Got Life‹.« Schien mir wichtig, es explizit für ihn, noch einmal, anzukündigen. Stille. Der Pianist gab ein paar Takte vor. Ich schloss die Augen. Öffnete sie wieder. David sah mich an. Etwas Forderndes lag in seinem Blick. Der Pianist hielt wieder inne. Nun reiß dich zusammen, Martha! Ich öffnete den Mund. Irgendwas würde schon rauskommen.

Ich sang. Und wurde begleitet. Und es war, glaube ich, schön anzuhören. Ich sang leise, dann etwas lauter. Schraubte noch einmal – nur ganz kurz – am Mikro rum. Vergaß irgendwann alles. Auch das Publikum. Welches, so viel war klar: zuhörte. Keine Häppchen mampfte, nicht tuschelte. Die Töne schwangen durch den Raum, wurden gehört, und nichts anderes zählte. Der Pianist drückte ganz sanft in die Tasten. Verunsichert sah ich ihn an. Er nickte mir zu. Ich sang lauter. Ohne Begleitung! Auch der Bass hielt inne. David strahlte, strahlte mich an. O Gott, o Gott. Das war keine Einbildung. Ich sang. Und alle im Raum hörten zu.

Endlich Feierabend, ich trat nach draußen. Es war schon Herbst, die Luft roch aber noch nach Hochsommer. Es war schwül. Eine Kollegin, mit der ich mich viel zu selten unterhielt, obwohl sie im Grunde ganz nett war, machte sich ebenfalls in den Feierabend auf. Nachdem der Fahrstuhl uns ausgespuckt hatte, gingen wir ein Stück zusammen.

»Nein, die sind total unzuverlässig«, erklärte sie mir. Es ging um das Reisebüro, mit dem wir neuerdings kooperierten. Ein neues. Wir hatten nach Jahren gewechselt. Warum, verstand kein Mensch. Es war meist alles gut gelaufen mit dem alten. »Du hast immer den Eindruck, wenn du da anrufst: die bremsen erst mal. ›Ah, so kurzfristig, das kann teuer werden‹ – ›Ah, Business Lounge, da muss ich erst mal fragen‹.« Schwierig, schwierig. Einiges konnte ich schon nachvollziehen.

»Ich fand die auch ein bisschen verpeilt«, sagte ich. »Aber solche Fälle, also sorry – wo *alles* schiefgeht, hatte ich noch nicht.«

»Man fragt sich ja auch, wie die gebrieft werden«, sagte meine Kollegin. »Sie kennen doch unsere Konditionen.« Ich erklärte ihr, dass ich dann immer direkt bei Sixt anrief, also wenn das Reisebüro Schwierigkeiten machte. Das hatte immer super funktioniert. Wir standen vor dem U-Bahnhof. Meine Kollegin sah mich verwundert an.

»Ah, du musst da runter, dachte, du fährst nach Hause.«

»Hab noch was vor«, gab ich Auskunft.

»Date, oder was?« Wir grinsten uns an, ich allerdings mit weniger Elan. Ich küsste sie auf die Wange. Ich mochte sie, ich nahm mir ernsthaft vor, öfter etwas mit ihr zu machen.

»Einen schönen Abend«, sagte sie und schlenderte weiter, als ich im Dunkeln der U-Bahn-Haltestelle verschwand. Ich hatte kein Date, ich besuchte meine Schwester.

Die WG, in die sie eingezogen war, bestand im Kern aus einer großen Wohnküche. An den Wänden hingen Plakate: Pink Floyd neben einem Plakat der Berliner Volksbühne aus ihren glorreichen Tagen. Sehr studentisch alles, aber auch etwas heruntergekommen. Gleichzeitig gemütlich, das war unbestritten. Warme Farben. Es war aufgeräumt, nur wenig Geschirr stapelte sich neben der Spüle. Ein paar Männer, ein paar Frauen, alle zwischen fünfundzwanzig und fünfunddreißig, saßen an dem großen Holztisch oder in der Ecke auf der Couch aus senfgelbem Samt, die schon bessere Zeiten gesehen hatte. Sie aßen mit Walnüssen dekorierte Salate aus kleinen japanischen Schüsseln und schnabulierten Leckereien von Antipasti-Platten. Gesprächsfetzen über die aktuelle politische Lage füllten den Raum. Ein Typ, den mir Martha als David vorgestellt hatte, langte in seinen riesigen Rucksack und holte eine Rolle mit drahtigem Material heraus. Zeigte sie einem anderen Typen.

»Was, so sehen die aus? Fass mal an.« Der andere Typ wog die Rolle in seinen Händen.

»Martha, du auch«, sagte David.

»Hast sie mir schon gezeigt.«

Das war gar nicht meine Welt, aber jetzt wollte ich doch wissen, was das war.

»Das sind Darmsaiten«, klärte meine Schwester mich auf. »Für seinen Kontrabass.« Aha.

»Und von welchem Tier?«

»Meistens von irgendwelchen Huftieren. Schaf, Rind. Glaube, auch von der Ziege, oder?«, sagte Martha. David überlegte:

»Ja, kommt auch vor.«

Meine Schwester und ich standen an die Küchenzeile gelehnt, sie schüttete viel Wein in mein Glas. Ich hatte Emil sehen wollen und musste nun, da ich betrunken genug war, etwas loswerden.

»Dass du Emil schon hingelegt hast, verzeih ich dir nie.«

»Ich bin so froh, dass er das grade mitmacht. So früh einzuschlafen. Ich mach doch in der Früh immer bei diesen Musiktherapie-Stunden mit.«

»Wie, du machst mit?«

»Ist so was wie ein Praktikum. Wenn ich mich nicht blöd anstelle, verlängern die mich. Und ich mach eine Ausbildung.« War das ihr Ernst? Zur Musiktherapeutin?

»Meine Schwester – die Künstlerin!«, sagte ich. Wahrscheinlich war das ein Fehler gewesen, mal wieder. Zwischen uns wurde es still, übertrieben langsam nippte ich an meinem Wein, war ja sowieso schon dicht. Ich sah mich im Raum um, über unseren Köpfen flackerte das warme Licht der Siebziger-Jahre-Lampe. Hoffentlich war sie nicht wieder sauer.

»Ach, vielleicht bin ich nur eine halbe Künstlerexistenz«, sagte Martha. Ich war so froh. Dass sie mir nicht böse war. Martha lachte und legte ihren Kopf auf meiner Schulter ab. War das eine schöne Last.

Am nächsten Morgen kam ich sehr schwer aus dem Bett. Mein Kopf fühlte sich an wie Blei. Ich schleppte mich in die Firma. Dort war es voll. Hätte ich mal Home-Office angemeldet! Ein Team hatte sich in meinem Büro breitgemacht. Die Jungs hatten keinen Raum mehr bekommen, neben mir aber einen freien Tisch erspäht, weil eine Assistentin im Urlaub war. Da hatten die gedacht, »Packen wir uns zu dritt dahin, wen juckt's, dass da noch eine sitzt.« Die allerdings arbeiten, sich konzentrieren, ab und an telefonieren musste.

»Das ist ein super Feedback-Modell bei denen, findest du nicht auch?«, sagte der eine Berater zum anderen. Die blutjunge Managerin, die schnell aufgestiegen war nach dem Summer-Traineeship, schwafelte über den Kommunikationsplan der Vorstände des DAX-Unternehmens, das sie betreuten. »Die Agenda für den Termin Frau Müller – kannst du mir da die eine Seite schicken?« Mein Telefon klingelte zum Glück nicht, aber Robert hatte mich beauftragt, noch vor Feierabend ein Proposal auf Rechtschreibfehler zu prüfen, und für den anderen Chef musste ich noch ein Auto mieten, und es war jetzt schon sechzehn Uhr! »Plus Betriebsratsunterlage. Bitte alles auf eine Seite.« Eine Weile tippten sie stumm in ihre Rechner. Endlich konnte ich die Sätze vor meinen Augen auch wirklich lesen und nicht nur überfliegen. Das Gebrabbel ging wieder los. Vielleicht sollte ich einfach nach Hause gehen. Aber bis ich dort war – würde Robert wieder Druck machen. Er wollte das Dokument vor 19 Uhr. »Wir müssen gucken, dass wir nicht zu teuer rekrutieren.« – »Der kommt ja aus der Industrie, war vorher bei VW. Das ist der Einzige, dem sie in dem Laden vertraut haben. Es ist auch bezeichnend, dass –« Es reichte. Ich griff zum Hörer, rief bei meiner Freundin aus der Buchhaltung an, die ich zum Glück auch sofort erreichte. Ich fragte sie belangloses Zeug zu einer x-beliebigen Rechnung. Ich redete so laut ich konnte. Das Team machte keine Anstalten, sich zu empören. Sie hörten einfach auf zu reden und surften rum und werkelten an ihren Power Point-Präsentationen. Ich legte auf. Als nur zwei Minuten später der eine wieder zu labern anfing, schoss ich hoch, suchte unsere Technikabteilung auf und besorgte mir die besten Kopfhörer, die wir hatten. Hätte ich viel früher dran denken sollen. Mit Erik Satie und Mozart und schließlich ein wenig Rock'n'Roll im Ohr brachte ich den Scheiß fertig. Irgendwann stellte die Beraterin sich neben mich, lächelte ganz unschuldig und sagte: »Wir können jetzt in den Teamraum drei. Danke noch mal, für deine Flexibilität!« Das war auch so ein Beraterding. Stets freundliches Feedback geben, nachdem man sich seinen Raum genommen und diesen so breit wie möglich mit der eigenen überbordenden Persönlichkeit markiert hat. Ich lächelte mindestens so freundlich zurück und tippte die letzten Korrekturen in das Dokument für Robert, während die Truppe, die Laptops lässig unter die Achseln geklemmt, mein Büro verließ.

Am Abend briet ich mir ein Stück Lachs und sah mir eine Dokumentation über die Ursprünge neuer Kunstgattungen zum Ende des neunzehnten Jahrhunderts und den Einfluss japanischer Kunst auf die Impressionisten an. Das Essen schmeckte, aber ich fühlte mich einsam. Sehr sogar. Was Martha wohl trieb? Hatte sie einen Gig und ihre Mitbewohnerin passte auf Emil auf? Hatte sie keinen Gig und telefonierte mit diesem David? Ich war mir sicher, dass da was lief, ich hatte es nur noch nicht ansprechen wollen. Wir hatten ja so eine spezielle Dynamik, wenn es um meine Haltung zu ihrer Männerwahl ging. Als die Doku zu Ende war, verfasste ich die letzte E-Mail an diesem Tag.

MARTHA

David meldete sich immer öfter bei mir. Er schickte mir irgendwelche Links aus der Bassisten-Szene, etwas, dass ich süß fand, aber auch irgendwie nerdig. Ich hatte auch gar keine Zeit, auf den Inhalt näher einzugehen. Emil war in einer für seine Mutter fordernden Etappe seines Lebens. Ständig kletterte er irgendwo herum, wenn er nicht schlief, galt es irgendwas zu entdecken, Schubladen aufzureißen. Wenn er nicht herumturnte, wollte er ein Buch ansehen und immerzu von mir wissen »Was das?«, »Was das?«. Eigentlich war diese Phase toll. Toll zu beobachten und bestimmt toll für ihn, und alles, was gut für meinen Sohn war, war auch für mich gut. Aber ich musste mir die Abende freischaufeln, ich bekam immer mehr Gigs rein, morgens nahm ich Unterricht oder ging meine Songs alleine im Zimmer durch. Ich hatte meine Mitbewohnerin ein paarmal gebeten, ihn ins Bett zu bringen, aber hatte kein gutes Gefühl dabei gehabt. Mit Lotte war das schon anders gewesen.

Unser neues Zuhause war lustig, aber manchmal auch gewöhnungsbedürftig. Während der Vorstellungsrunde hatten sie zwar gesagt, dass das Baby in der WG total easy sei für sie. »Mein Bruder hat letzten Monat auch ein Kind bekommen und, also ich meine, es ist ja die totale Umstellung«, hatte Svenia, die »Älteste« immerhin angemerkt. Wir nannten sie immer so, weil sie am längsten hier wohnte. Sie war immer gut gelaunt, für meinen Geschmack oft zu gut, also die Sorte Mensch, die immer auf Achse ist, die ständig was Lustiges oder einfach nur Actionreiches unternehmen muss. Sie konnte nicht gut entspannen, hatte ich das Gefühl. Sie hatte gerade die Journalistenschule hinter sich gebracht und war stets auf der Suche nach neuen Stories, musste viel recherchieren und abends mit den Auftraggebern was trinken gehen. Der andere Mitbewohner hieß Tim und war Lehrer an einer Gesamtschule drei Straßen weiter von unserer Wohnung. Am Wochenende machte er auch mal Party, ansonsten war er eben einer, den man in meinen Augen als »braven Bürger« bezeichnen würde, weil von nine to five gut beschäftigt und das die volle Woche von Montag bis Freitag. Vor allem Tim mochte Emil sehr – zu seiner eigenen Verwunderung, wie er mir eines Abends lachend erklärte: »Bin ich doch den ganzen Tag über von so kleinen und unwissenden Geschöpfen umgeben.« Der Zynismus war gespielt, im Grunde war Tim ein ganz Sanftmütiger, gab manchmal einfach gern den überlasteten Beamten. Wir waren alle keine besten Freunde, wir waren aber auch keine Zweck-WG, das machte mich froh und ließ mich zuversichtlich sein, dass mein Sohn die nächste Zeit in einem Umfeld aufwachsen würde, das ihm keinen großen Schaden zufügte. Natürlich vermisste ich Lotte manchmal, um ehrlich zu sein sogar sehr. Die mentale Gewissheit, dass ich sie unter ihrem Dach mehr gebraucht als geliebt hatte, siegte aber immer, wenn mich diese Sehnsucht überkam, und ich wusste: Ich hatte mit meinem Auszug das Richtige getan.

CHARLOTTE

Wenn ich Emil von der Kita abholte, wollte er meist wissen, was wir später essen würden. Die Nahrungsmittelaufnahme war immer noch ein wichtiges Thema für ihn. Ich schmunzelte und dachte das, was alle Menschen in solchen Situationen denken: »Woher er das nur hat?«

Und verscheuchte – so gut es eben ging – alle Bilder von Martha aus meinem Kopf. Martha, die vor einem Stück Torte sitzt, oder Martha, die zu viel Essig in den Salat geschüttet hat, oder Martha, die reichlich Butter auf ihr Brot schmiert. Damit ich nicht in Tränen ausbrach. Die Tränen kamen erst nachts.

Manchmal auch sehr zeitig am Morgen, in den Stunden, in denen ich nicht funktionieren musste.

Seit meine Schwester tot war, meldete sich Mama öfter bei mir. Sie erkundigte sich in erster Linie nach Emils Wohl, das schien mir aber verständlich, nachvollziehbar. Ich hätte es nicht anders gemacht. Niemals hätte ich zugegeben oder laut ausgesprochen, dass die Nachkommenschaft meiner geliebten Schwester mich meiner Mutter nähergebracht hatte, aber es war schlicht die Wahrheit. Wir sprachen genauso selten wie früher über meinen Vater – aber doch richtig oft über Martha. Darüber, wie sie gestorben war, sprachen wir nie.

Ich erzählte meiner Mutter nie davon, wie ich die Nachricht erhalten hatte. Wie die Kita bei mir angerufen hatte.

Wer denn heute den Kleinen abhole? Ich hatte keine Ahnung, von nichts, konnte daher schwer über Marthas Wochenplanung Auskunft geben, weil sie, seit sie nicht mehr bei mir wohnte, schlichtweg nichts mehr mit mir plante. Klar durfte ich Emil das ein oder andere Mal, wenn sie Not hatte, abholen. Aber es kam weitaus seltener vor als früher. Kurz angebunden erklärte ich, dass sie mit Sicherheit noch auftauchen würde oder vielleicht eine Babysitterin engagiert hatte, die dann auch demnächst aufkreuzen würde, und legte auf. Ich fluchte still vor mich hin. Obwohl sie seit Monaten ihr Ding machte und obwohl wir uns im Grunde besser verstanden, seit sie ausgezogen war, holte mich manches Mal dieses bestimmte Bild von ihr ein. Irgendetwas in meinem Unterbewusstsein wartete wohl nur darauf, dass sie wichtige Termine versäumte, den Kinderarztbesuch vergaß, dass sie mich einfach noch immer – brauchte. Vielleicht dachte ich auch, dass Emil etwas zustoßen könnte, wenn dies und jenes ihr entglitt. »Mann, Martha, wie kannst du es nur vermasseln, dein eigenes Kind abzuholen.« Ich erinnerte mich an ihren Nervenzusammenbruch, wenige Wochen bevor sie ausgezogen war. War sie wieder vollkommen überfordert mit allem? Ich wählte ihre Nummer. Die Stimme am anderen Ende der Leitung sagte etwas von Intensivstation. Mein Herz raste. Ich hörte zu, aber ich konnte nicht mehr sprechen. Mir wurde schwindlig. Der Schweiß brach aus. Niemals hätte ich gedacht, dass ihr selbst etwas zustoßen könnte.

Alles war sehr schnell gegangen. Zu schnell. Und Emil – ein kleiner Knirps damals.

Mama und ich sprachen nie über die Tage danach. Über die Beerdigung. Ich erzählte ihr nicht davon, was ich durchstehen musste bei der Identifizierung des Opfers. Wie seltsam jung Marthas Gesicht ausgesehen hatte. Also noch mal jünger, als sie gewesen war. Sie hatte ausgesehen wie eine Achtzehnjährige. Wie ich vollkommen die Nerven verloren hatte und erst wieder zu Sinnen kam, als Rebekka mich nach Hause gefahren hatte. Über diese Dinge sprachen wir nicht, aber wir sagten: »Das hätte Martha bestimmt geliebt, das Lied.« Oder: »Darüber hätte sie gelacht!«

Wenn wir von Martha am Telefon erzählten, war ich meist seltsam gefasst, aber an einem Abend im letzten Sommer, als Mama mich besuchte und Emil endlich schlief und wir doch wieder nur über Martha sprachen, brach ich fast zusammen. Sie fehlte mir. Obwohl ich aus der Wohnung gezogen war, in der wir in jenem halben Jahr so viel gestritten, aber auch Schönes und Unvergessliches erlebt hatten, verfolgte mich meine Schwester in das neue Leben hinein. Aus einer Ecke im Badezimmer strömte der Duft ihres Parfüms, ihr Lachen gluckerte hinter der Kaffeemaschine in der Küche. Es war ein wenig unheimlich, aber ich gewöhnte mich schließlich daran.

Emil aufwachsen zu sehen, war schön, aber nicht unbedingt einfach. Er war oft krank, und einige in meinen Augen esoterisch tickende Kolleginnen waren überzeugt, dass seine Empfindsamkeit mit dem Tod seiner Mutter zu tun haben musste. Ich arbeitete nur noch halbtags, trieb mich wie alle anderen Eltern auf Spielplätzen herum und kochte oft Essen vor – egal, ob für den Kleinen oder für mich – statt essen zu gehen. Eine Bar hatte ich seit bald zwei Jahren nicht mehr von innen gesehen. Das fehlte mir auch überhaupt nicht. Überhaupt fehlte mir wenig aus meinem »alten« Leben. Das Neue aber war in Schwermut getüncht, einer Schwermut, die mich auf Dauer an meine Grenzen brachte.

Martha war bei einem Fahrradunfall ums Leben gekommen. Abbiegeunfall. Von einem LKW erfasst, dessen Fahrer sie übersehen hatte. An jenem Tag hatte sie sogar den schönen gelben Fahrradhelm aufgesetzt, den ich ihr geschenkt hatte. Martha fand Helmtragen immer blöd, unnötig. Sie sagte, bei Emil verstünde sie das schon, sie selbst brauche keinen. Sie fahre außerdem vorsichtig. Weil ich so oft auf sie eingeredet hatte, trug sie ihn manchmal aber doch. »Wenn meine Frisur es erlaubt«, scherzte sie. An jenem Donnerstagnachmittag hatte sie ihn sich aufgesetzt. Hatte ihr aber nichts gebracht. Ob das Letzte, was sie gesehen hatte, ein Straßenschild gewesen war? Der Eingang eines Edeka? Eine Horde Passanten? Eine Ampel war es mit Sicherheit nicht, denn sie war voll in Fahrt, vermutlich raste sie, weil sie zu spät dran war. Wie Mütter eben oft spät dran sind am frühen Nachmittag, wenn die Kinder abgeholt werden müssen, weil sie sich morgens doch zu viel vorgenommen haben. Jetzt standen wir alleine da, Mama, Emil und ich, und sie fehlte.

Viele, viele Monate nach dem Begräbnis traute ich mich, die Nummer von Marthas Mitbewohnerin Svenia zu wählen. Sie sagte, sie sei sonst nicht viel zu Hause, aber aktuell »lustigerweise« schon, gerne könne ich spontan vorbeikommen. Ich schob einen kleinen Witz hinterher, dass spontan mit Kind kaum etwas ginge, beschloss aber, ihr Angebot so bald wie möglich wahrzunehmen. Dieses Vorhaben jetzt nicht zu vertagen, nur weil ich Angst hatte. Riesige Angst davor, den Ort zu betreten, an dem sie zuletzt gelebt hatte. Ich sprach mir Mut zu, indem ich mir einen der größten Vorzüge meines Charakters in Erinnerung rief: Prokrastination lag mir ferner als fern.

Es war ein sonniger Tag, als ich den Besuch schließlich wagte. Der Lehrer öffnete die Tür. Ein netter Kerl, der mich etwas schüchtern anlächelte. Svenia war also doch ausgeflogen. Würden wir viel über Martha reden? Ich hoffte nicht. Wollte ich ihn irgendetwas fragen? Eigentlich nicht. Ich wollte nur ihr Zimmer sehen, das wie die Journalistin mir schon am Telefon eröffnet hatte, mittlerweile von Tim bezogen worden war. »Und wer wohnt jetzt in deinem Zimmer?«, fragte ich ihn, nachdem er mir einen Kaffee angeboten hatte, den ich freundlich ablehnte. »Eine Französin, die reiche Eltern hat und eine Ausbildung zur Yogalehrerin macht«, erklärte er. Es fiel mir schwer, aus seiner Darstellung herauszuhören, ob er das arme Ding verachtete oder es seine bestimmte Art war, sich über einen solchen Lebensentwurf lustig zu machen. Oder ob er schlichtweg die vielleicht nur wenigen Parameter, die ihm zu dieser Person bekannt waren, weiterleiten wollte. Zweck-WG eben. Tim machte sich selbst einen Kaffee, führte mich in sein Zimmer. Sobald wir drinnen waren, kehrte er um. Machte sich schnell aus dem Staub. Er wollte offenbar nicht riskieren, Zeuge eines emotionalen Ausbruchs zu werden. Als er gerade noch in Reichweite war, über die Türschwelle huschte, drehte ich mich ostentativ zu ihm und sagte:

»Ihr Bett stand anders, richtig? Am Fenster, oder?« Er wich meinem Blick aus, so aufgeladen war die Situation bereits, bevor sie gestartet war. Ob er Martha gemocht hatte? Vielleicht hatte er sie blöd gefunden. Weltfremd. Albern. Zerstreut. Schließlich war er Lehrer. Vielleicht war er in sie verliebt gewesen. Konnte ich mir auch gut vorstellen. Und begab sich deshalb in den Fluchtmodus.

»Ja, genau«, antwortete er leise. Er flüsterte fast. Und zeigte auf eine Ecke am Fenster, an der jetzt sein Schreibtisch stand.

Das letzte Mal, das ich Martha nah gewesen war, war während einer Autofahrt. Wir hatten uns relativ kurzfristig ein Carsharing-Auto geschnappt, um einen Freund von mir vom Flughafen abzuholen. Es war ein Samstag. Emil war bei seinem Vater, sie gewährte diesem neuerdings einen Tag im Monat mit dem Kleinen, er hatte ein wenig gemurrt, war aber mit halb ausformulierten Drohungen ihrerseits schnell ruhig gestellt worden. Es war heiß, doch wir hatten keine Lust auf die Klimaanlage und fuhren lieber bei halb offenem Fenster, zumindest, bis wir auf die Autobahn auffuhren. Wir hörten Rammsteins »Seemann«. »Kooooomm in mein Boot, der Herbstwind hält die Segel straff.« Sehr melodisch alles, und am Ende ganz viel Krawumm. Martha brüllte mit viel Ironie in der Stimme, auch mit Pathos, aber vorrangig mit Ironie: »Jetzt stehst du da an der Laterne, mit Regen im Gesicht. Das Tageslicht fällt auf die Seite, der Herbstwind fegt die Straaaaße leeeeer.« Sie lachte sich krumm, ich lachte mit, ich hatte Rammstein immer gehasst, aber dieses Lied hatte es in sich. Ich brüllte mit: »Jetzt stehst du da an der Laterne, hast Tränen im Gesicht. Das Feuer nimmst du von der Kerze, die Zeit steht still und es wird Herbst. Sie sprachen nurrrrrrr von deiner Mutterrrr, so gnadenlos ist nur die Nacht. Am Ende bleib ich doch alleine, die Zeit steht still, und mir ist kalt.«

Sie konnte die rollenden Rs natürlich viel besser als ich. Sie versprach, mir noch am selben Abend die Version des Songs aus Nina Hagens Mund vorzuspielen, aber bis zum Abend hatten wir beide dieses Vorhaben bereits vergessen.

Hier stand ich nun am Fenster, in dem Zimmer, in dem Martha in ihren letzten Lebensmonaten gelebt hatte – der Raum interessierte mich gar nicht, sah ohnehin ganz anders aus als damals. Ich wollte nur aus dem Fenster sehen, auf den schönen Kastanienbaum und traurig sein. Da kam die Rammstein-Melodie wieder hoch und die Hitze im Auto und Marthas schallendes Lachen. Wie schön leicht sich diese halbe Stunde lang alles angefühlt hatte, obwohl damals schon nicht alles leicht gewesen war. Ich verabschiedete mich ziemlich abrupt von dem netten Tim, nicht ohne mich herzlich dafür zu bedanken, dass er mir diesen Besuch gewährt hatte.

Emil war jetzt fast fünf und insgesamt ein ausgeglichener Kerl. Er schien dem ein oder anderen Ausraster ausgeliefert, wenn ihm etwas nicht gelingen wollte, auch wenn ihm etwas versprochen worden war, das nicht eingelöst wurde. Aber im Großen und Ganzen hatte ich das Gefühl, ihn nicht zu sehr verwöhnt zu haben. Dabei hatte ich allen Grund gehabt, ihn zu verwöhnen. Zwar ließ mein Einkommen es nicht mehr so gut zu, seit ich in Teilzeit arbeitete, ich hatte aber eine Eigentumswohnung von meinem Onkel väterlicherseits geerbt, der letzten Sommer verstorben war. Er hatte keine Kinder und gewollt, dass es Emil gut ging. Trotzdem glaubte ich stets, meinem Neffen etwas bieten zu müssen, es ihm praktisch schuldig zu sein, weil das Schicksal, seine Mutter niemals richtig kennengelernt zu haben, auf seinen kleinen Schultern lastete. Die tolle, tolle Martha. Ich schenkte ihm also meine ganze Liebe und versuchte, ein geduldigerer Mensch zu werden, weil alles, aber auch wirklich alles länger dauerte mit einem Kind im Haushalt. Manchmal saß ich auch an seinem Bett und summte ein Lied, bis er einschlief, kam mir aber immer etwas albern dabei vor. Und ja, ich wusste, dass ich niemals an die Stimme seiner Mutter rankommen würde. Ich hatte so ein Gefühl, dass – auch wenn er keine Ahnung hatte, wer sie gewesen war – irgendwo tief in seinem Inneren die Erinnerung an ihre Stimme verborgen war, an die Lieder, die sie ihm als Baby ins Ohr gesungen hatte. Und dort auch sein ganzes Leben lang verborgen bleiben würde.

Es war ein schwüler Sommerabend, als Mama uns besuchte und wir noch lange aufblieben. Nachdem ich Emil endlich ins Bett gebracht hatte, öffneten wir eine Flasche Wein und redeten und redeten, wie wir es wohl Jahrzehnte nicht gemacht hatten. Zunächst über Belangloses. Besorgungen, die für Emil gemacht werden mussten, den Urlaub, dessen Planung wir jetzt wirklich mal in Angriff nehmen sollten. Irgendwann fing Mama an, über das Älterwerden zu sprechen. Sie sagte: »Wenn du jung bist, lebst du einfach. Aber wenn du älter wirst, hast du schon einige Sachen begriffen.« Was, das wollte sie mir natürlich nicht sagen. Das ganze Thema deprimierte mich unendlich, aber die Tatsache, dass sie so unverstellt über all das sprach, machte mich schon froh. Nach einem langen Seufzer erklärte sie, dass es für sie an der Zeit wäre, gar nicht mehr zu arbeiten. Es reize sie nicht mehr, und sie wolle stattdessen öfter kommen, um mir mit Emil zu helfen, vielleicht sogar eine kleine Wohnung in Berlin mieten. Wenn sie denn eine günstige fände. Günstige Wohnung in Berlin? »Mann, Mama, wo lebst du denn«, dachte ich und sagte nichts.

»Kannst du dir das denn vorstellen?«, sagte sie und sah mir so direkt in die Augen, dass es fast schmerzte.

Mama war Sprecherin bei einem kleinen Schwarzwälder Radiosender gewesen, als Papa starb, hatte sie buchstäblich ihre Stimme verloren. Für fast zwei Jahre. Danach ließ sie sich nie wieder fest anstellen, nahm aber Aufträge für Hörspiele und Theaterstücke an. Als Marthas Leidenschaft für die Musik als Kind immer deutlicher aufzukeimen begann, hatte sie versucht, sie auch für das gesprochene Wort zu begeistern, hatte ihr ständig vorgelesen und mit ihr Artikulation geübt, leider ohne Erfolg. Martha hatte einfach viel lieber vor sich hin gesummt. Das hatte ich damals wiederum als Chance gesehen, Mama zu imponieren. Weil ich gerne las. Zwar auch nicht laut mit ihr, was ihr wohl am liebsten gewesen wäre, aber später – als ich schon aufs Gymnasium ging und unsere Zeit noch größtenteils unbeschwert war, weil Papa noch nicht erkrankt war –, las ich fast alle Stücke, die sie einstudieren musste, und bombardierte sie beim Abendessen mit Fragen dazu. Mama ließ sich darauf ein und antwortete stets gerne. Genauso wie sie mich manchmal ihren Sessions, wenn sie nachmittags alleine in ihrem Schlafzimmer probte, beiwohnen ließ. Stumm saß ich in einer Ecke und lauschte und beobachtete sie. Es gab aber kaum eine Interaktion mit ihr, während sie arbeitete. Das Gefühl, dass meine Schwester und sie eine tiefere Bindung pflegten, weil sie den Hang zum Künstlerischen teilten, ließ über die Jahre kaum nach.

Konnte ich mir vorstellen mit Mama in der gleichen Stadt zu wohnen? Ich brauchte Bedenkzeit. Allerdings ahnte ich, dass sie sich nichts sehnlicher wünschte. Wie viele alte Menschen war sie einsam, sie hatte ein, zwei Freundinnen in Freiburg und versuchte sich durch Kartenspielen und regelmäßige Sauna-Treffs bei Laune zu halten. Aber – nach Papa war sie nie wieder im Stande gewesen sich zu verlieben, »weil er, ach, einfach einmalig war und so jemanden kannst und willst du nicht ersetzen«, wie sie mir vor wenigen Jahren erklärt hatte. Und so war es naheliegend, dass sie sich ein Leben, in dem Emil und ich nicht nur als Besucher Platz hatten als ein doch schöneres vorstellte. Sie war gesund, ja fit, aber wie lange noch? Plötzlich stand Emil in der Tür, zerzaustes Haar und zerknitterter Pyjama.

»Na, schlecht geträumt, kleiner Mann?«, sagte ich und war fast ein wenig froh, dass er aufgekreuzt war. Ich spürte noch immer Mamas fordernden Blick, ich konnte und wollte ihr aber einfach keine Antwort liefern, von der ich nicht auch überzeugt war.

»Trinkt ihr Wein?«, murmelte Emil.

»Ja«, sagte ich, »nur ein bisschen. Wir entspannen uns ein wenig.« War es pädagogisch richtig, das so zu formulieren? O Gott, who knows, gleichzeitig hasste ich nichts mehr, als wenn Erwachsene vor Kindern sich so verhielten, als täten sie etwas Verbotenes, damit alle, aber auch alle Handlungen einem Erziehungsmanöver glichen. Er wollte zum Glück nicht kosten.

»Soll ich dich wieder ins Bett bringen?«, fragte Mama.

»Nein, lieber die Lotte«, sagte er. Ich lächelte und zuckte mit den Schultern, ach Mama, ich kann doch auch nichts dafür, dass ich jetzt gebraucht werde und wir dein wichtiges Anliegen später klären müssen.

Um kurz vor zehn war er endlich eingeschlafen, Mama hatte sich noch ein Gläschen eingeschenkt und strahlte mich an, als ich zurückkam. Ich rieb mir demonstrativ die Augen, als sei ich selbst noch ein kleines Kind, das zu Bett gebracht werden wollte. Zu meiner Verwunderung machte sie nicht da weiter, wo wir aufgehört hatten. Sie nippte an ihrem Glas, sah mich an und sagte:

»Da ist ein großes Loch, oder?« Ein Loch, wo denn bitte? »Ein Loch, eine Riiiesenlücke, Lotte. Die Martha hinterlassen hat.«

Die Tränen flossen über ihr Gesicht.

»Ich denke jeden Tag aufs Neue: Das wird schon. Oder: Einfach mit den schönen Erinnerungen leben, aber –«

Ich nahm sie in die Arme und weinte mit. Ich wusste nicht, was ich sagen sollte. Außer – schließlich:

»Ich weiß, Mama. Ich weiß.« Die Lücke würde immer bleiben. Und niemals kleiner werden. Aber Emil würde wachsen, und das war schön.

»Bleib, solang du willst, Mama. Du kannst hier einfach bleiben«, sagte ich, nahm das Weinglas, das von all dem Schluchzen in ihrer Hand zitterte, und stellte es auf den Tisch.

Ich danke Ganna Gryniva, Lucia Cadotsch und Mathias Ruppnig für ihre Zeit und ihre Offenheit. Für sein Vertrauen danke ich meinem Verleger Hans Koch. Bei meiner Lektorin Birgit Schmitz möchte ich mich ganz herzlich für die schöne Zusammenarbeit bedanken und auch dafür, dass sie mich stets darin bestärkt hat, dieses Buch zu schreiben.

ILINCA FLORIAN, 1983 in Bukarest geboren, in Österreich aufgewachsen, lebt seit 2007 in Berlin. Sie hat am GRIPS Theater gespielt, an der Deutschen Film- und Fernsehakademie Berlin (dffb) studiert und als Drehbuchautorin gearbeitet. Nach *Als wir das Lügen lernten* und *Das zarte Bellen langer Nächte* ist *Bleib, solang du willst* ihr dritter Roman im Karl Rauch Verlag.